# अब के बसंत
(कहानी संग्रह)

# अब के बसंत

निवेदिता

प्रलेक प्रकाशन प्राइवेट लिमिटेड
*in association with JVP Publication Pvt Ltd

ISBN : 978-93-905006-8-0

पहला पेपरबैक संस्करण : मार्च 2021

प्रकाशक :

प्रलेक प्रकाशन प्राइवेट लिमिटेड
PRALEK PRAKASHAN PVT. LTD.

वितरक :

जेवीपी पब्लिकेशन प्राइवेट लिमिटेड
JVP PUBLICATION PVT. LTD.
602, आई-3, ग्लोबल सिटी
विरार (वेस्ट), मुम्बई, महाराष्ट्र-401303
दूरभाष : 9833402902 / 7021263557
Email : pralek.prakashan@gmail.com
Website : www.pralekprakashan.com

अब के बसंत : निवेदिता
Ab ke basant : *Stories* of Nivedita

आवरण चित्र : मीनाक्षी झा बनर्जी

आवरण : जेवीपी पब्लिकेशन प्रा.लि.

पुस्तक सज्जा : जेवीपी पब्लिकेशन प्रा.लि.

शकील के लिए

# अपनी बात

मुझे नहीं मालूम कहानियां लिखने का शऊर मुझ में है या नहीं। पर इस किताब के बहाने मेरे भीतर जो कुछ उमड़-घुमड़ रहा था, वह आपके सामने है। मैं जानती हूं कहानियां लिखना जोखिम भरा काम है। जो इससे गुजरते हैं वे बिना लहूलुहान हुए नहीं निकलते। मेरे सामने अदबी समय का दरीचां खुला हुआ है मैं उनमें से छोटे-छोटे टुकड़े चुनती हूं। ये टुकड़े जिंदगी का हिस्सा हैं। मैंने जो कुछ लिखा वह सिर्फ मेरा अनुभव नहीं है। इसमें उन तमाम लोगों का दिल है जिसका धड़कना किसी ने सुना नहीं। ये कहानियां बयान हैं जिसे कभी कहा नहीं गया। वे मुझसे लिपट-लिपट रोती हैं, हंसती हैं, बतियाती हैं। जज़्बात और अहसासात, एक तूफान की सी बालाखेज़ी के साथ चलते और आगे बढ़ते नज़र आते हैं। मेरी कहानियां इसी तरह मुझ से मिलीं। जब मैंने लिखना शुरू किया तो कभी अल्फाज़ पीछे छूट जाते, किरदार आगे निकल जाता, कभी लफ्ज़ एक-दूसरे से लड़ने लगते कभी इत्मीनान और सुकून से मेरे भीतर पड़े रहते। मैं कहती कमबख्त वहां से निकलो वे हंसते और बिलबिलाते हुए बाहर आते। मेरी कहानियां मुझे वहां-वहां ले गईं जहां खून, पसीने की गंध मिली थी, जहां सर्द आहें और भीनी-भीनी खुशबू थी; जहां जिस्म था और मुहब्बत थी,जहां नदी, पेड़, पौधे, पहाड़ और वहां रहने वाले बाशिंदे थे। उसने मेरी उंगली पकड़ी और इनसान की नब्ज पर रख दी। मेरी कहानियों ने मुझे मुहब्बत

करना सिखाया। इश्क हजारों कंदिलों के बराबर रौशनी करता है, इश्क झुलसती दोपहर में पंखा झलता और कभी-कभी लहरों के साथ तैरना सिखाता है। मैं अभी तैर रही हूं। मुझे अभी लहरों से जूझना है। सागर में गहरे-गहरे डूबना है। इसमें हजारों रंग हैं। ज़रा सा नीला, ज़रा सा आबनूसी, संदली, बादामी, सुरमई। अब आपको जो रंग पसंद हो उसे ले लें। मेरे लिए तो हर रंग मेरा है। कुछ कच्चा,कुछ पक्का। जिस रंग को घोलती हूं शफक की-सी सुर्खी फूटने लगती है। मुझे लगता है, ये रंग खूबसूरत भी हैं और बदसूरत भी। इसमें आंसू भी हैं, कहकहे भी। जिंदगी की गहराई भी और छीछोरपन  भी। यही सब मिलकर मुझे कहानी के पास लेकर गई और मैं लिखने लगी। संग्रह आपके हाथ में है और आप ही इसके महबूब हैं। इसमें आठ कहानियां हैं और चंद कतरे हैं। जो हमने अलग-अलग समय में लिखा है।

ये कहानियां कैसी बन पड़ी हैं आप तय करें। मुझे तो अभी और डूबना है।

**निवेदिता**

# क्रम


| | |
|---|---|
| अपनी बात | 7 |
| अलगाव | 11 |
| गुनाह | 18 |
| इनबॉक्स | 23 |
| मैं पगली ऐसी जली कोयला भई न राख | 29 |
| इस बसंत में हम साथ होंगे | 39 |
| एक बगल में चांद होगा और होंगी रोटियां | 46 |
| विप्लवी | 52 |
| बेवफ़ा | 62 |
| शवयात्रा | 75 |
| एक कथाकार की डायरी-1 | 89 |
| एक कथाकार की डायरी-2 | 102 |
| एक कथाकार की डायरी-3 | 116 |
| एक कथाकार की डायरी-4 | 120 |

# अलगाव

करीब तीन बजे उसकी फ्लाइट लैंड करेगी। भाभी ने बताया था कि वह इंडियन एयरलाइंस से आ रहा है। खुशी से उसकी आवाज गले में अटक गई। उसने अपने पर काबू करते हुए पूछा...भाभी उसे पहचानेंगे कैसे? उसकी कोई तस्वीर भेज देती। भाभी ने हंसते हुए कहा पहचान जाओगी एकदम तुम्हारे भाई की तरह दिखता है। फ्लाइट आने में अभी वक्त है। वह हड़बडा कर आ गई थी। मन बेचैन था। 20 साल हो गए। भाई जब गया था तब आयान की उम्र 2 वर्ष रही होगी। उसकी आंखों में उसका वही गोल-मटोल चेहरा घूम रहा था। उसके चेहरे पर स्मृति की पुरानी छाया उतर आई। अंतिम बार भाई को अस्पताल के बेड़ पर देखा था।

एक कंकाल देह के भीतर धंसी आंखें अगर नहीं हंसती तो क्या वह पहचान पाती भाई को। अमेरिका से वह अपनी जिद पर आया था। अपने देश में, अपने लोगों के बीच। उसे मालूम था बचेगा नहीं पर अपने लोगों के बीच मरना चाहता था। वह सारी रात उसका हाथ थामे बैठी रही थी।

कमरे में धीरे-धीरे अंधेरा घिर आया था। बहुत दिनों से दाढ़ी न बनाने के कारण उसका चेहरा बेतरतीब बालों से भर गया था। उसकी पतली सुतवा नाक एक नंगी हड्डी-सी ऊपर उठी दिखाई देती थी। उसकी आंखें बार-बार जैसे कुछ कहना चाह रही थीं। पर वह बोल नहीं पा रहा था। अजीब सी खामोशी

थी। अस्पताल के पीछे फैले जंगल के नीले श्यामल वृक्षों से टकराकर सुन्न सन्नाटे की आहटें सुनाई दे रही थीं। मन के भीतर के हर अंधेरे कोने चीरता हुआ जैसे वह कह रहा था, बचा लो मुझे! बचा लो मुझे! दुख से बचना मुश्किल है,पर सुख को खो देना कितना आसान है। भाई का इस तरह आना हम सब को भीतर से तोड़ गया था। वे गर्मियों के दिन थे। सारा शहर दिन भर धूप के बुखार में तपता रहता था। अस्पताल के बगीचे में लगे फूल-पौधे सूख गए थे। लॉन की घास जगह-जगह झुलस गई थी। अस्पताल के कमरे में वह शांत चित्त लेटा हुआ था। शाम की पीली धूप उसके चेहरे पर पड़ रही थी।

उसने हाथ के इशारे से मुझे पास बुलाया और धीरे-धीरे मेरे पास झुक गया, कुछ कहने के लिए—मुझे सिर्फ उनकी खरखराती सांस सुनाई पड़ी। और वह निढ़ाल होकर बिस्तर पर लुढ़क गया। मैं देख रही थी। निस्तब्ध अपने भाई की आखिरी सांस छूटते हुए। मेरी आंखों में बादल उमड़ आए।

मैंने महसूस किया कई आंखें मुझे देख रही हैं। मैंने खुद को संभाला। फ्लाइट आने का समय हो गया है। अपने मन को तैयार कर रही थी। वर्षों छूटे रिश्ते की ताजा गंध के लिए। मैंने दूर से आयान को पहचान लिया। जैसे मेरे सामने साबूत भाई खड़ा हो। वैसी ही आंखें। काली घनेरी पलकें। सांवला रंग। नीली कमीज पर मेरी नजरें टिक गईं। आयान ने मुझे बांहों में भर लिया। बुआ आपने पहचान लिया मुझे। वह उसके सीने से लगी सुबकती रही। उसने भर्राई आवाज में कहा—बुआ आप रोती रहेंगी या हमें घर ले चलेंगी। फिर हंसते हुए कहा आपने ये नीली कमीज पहचान ली? ये वही कमीज है जो आपने पापा को अमेरिका आते वक्त दी थी। पापा की जान बसती थी इस कमीज में। मैं सुन रही थी उसे। वह इस तरह बात कर रहा था जैसे हम मिलते रहे हों।

आयान ने खिड़की के शीशे खोल दिए। उसने हुलसते हुए कहा बुआ ये जामा मस्जिद है ना। पापा ने मुझे बताया था कि वे अपने दोस्तों के संग हर शाम यहां आते थे। यहां कोई बनियों की गली है।

वह हंसने लगी। अरे नहीं, तुम्हारे पापा ने जामा मस्जिद की गली का नाम दिया था। उस समय यह जगह इतनी आबाद थी कि यहां खूब जमावड़ा

लगता था। बुआ यहां कोई पीपल का पेड़ था क्या? जाने कितने पीपल के पेड़ थे। तुम्हें पता है, इस देश में सारे पीपल के पेड़ मंदिर में तब्दील हो जाते हैं। यहां रातोरात देवता प्रगट हो जाते हैं। पीपल की भी हमारी जिंदगियों में अजीबो-गरीब अहमियत है। तुम्हारी दादी कहती थीं पीपल पर चुडैलें रहती हैं। हम लोगों को रात में पीपल के पेड़ के पास से गुजरना मना था। मां कभी उसके नीचे नहीं जाने देती थी कि साया न हो जाए। वह हंसने लगा। सूरज की पीली-निबोली छाया उसके चेहरे पर पड़ रही थी। सड़क पर कतार से लगे दरख्तों पर शाम की धूप ढ़लने लगी थी।

उसने गहरी नजर से मुझे देखा। बुआ एक बात पूछें? मैंने सर हिलाया। पापा कभी लौटकर क्यों नहीं आए? मैं चुप हो गई। लगा वर्षों से भीतर जो राज जमा है वह लावा की तरह फूट न पड़े। मैंने हंसकर बात टाल दी। पता है भाई को एक जगह से दूसरे जगह रहना कभी पसंद नहीं था। जब हम बच्चे थे तो हर साल पिताजी का ट्रांसफर होता था। हम लोग एक शहर से दूसरे शहर बसते उजड़ते रहते थे। भाई को पुरानी जगह छोड़ना बुरा लगता था। पर एक बार अमेरिका गया तो वहीं रम गया। आया जब उसकी सांस की डोर छूट रही थी। उसकी आवाज जज्बाती हो गई। आयान ने धीरे से उसका हाथ अपने हाथों में लिया। बात बदल दी।

घर पर अभी कौन-कौन होंगे बुआ? मैं हंसने लगी। ओह बातों-बातों में मैंने तुम्हें बताया नहीं, सुमी तुम्हारा सुबह से इंतजार कर रही है। और तुम्हारे फूफा ने आज छुट्टी ले ली है।

घर पहुंचते ही सुमी उसके गले से लिपट गई। ओह तो ये तुम ही हो! मेरे हैंडसम भाई! अपनी बहन से 20 साल बाद मिल रहे हो, है न हैरानी की बात। तुम अब तक आए क्यों नहीं आयान? सुमी बच्चों की तरह ठुनकने लगी। वह हंसा! आना चाहता था,पर आ नहीं पाया। उसका सिर झुक गया और चेहरे पर दुख के भाव उभर आए। फिर उसने सुमी को गहरी नजर से देखते हुए कहा- मैं तुमसे मिलने को बहुत ही उत्सुक था। तो आओ, हमारे कमरे में चलें, सुमी उसका हाथ थाम कर अपने पीछे-पीछे ऐसे ले चली मानों उसे खतरों के

बीच से बचाकर ले जा रही है।

आयान और सुमी लगभग एक उम्र के ही हैं। आयान एक साल बड़ा है। स्वभाव व रुचियों के अंतर के बावजूद वे एक-दूसरे को वैसे ही प्यार करते हैं, जैसा चढ़ती जवानी के दिनों में मिल जाने वाले लोगों के बीच होता है। सुमी ने कहा पता है तुम्हें, मैं कब से राह देख रही थी तुम्हारी! बहुत अच्छा लगा तुम्हारे आने से, वह कहती गई। 'तो तुम कैसे हो? क्या हाल है तुम्हारा? उसने सुमी का हाथ अपने हाथों में लेते हुए कहा सुमी क्या तुम मेरी मदद करोगी? मैं अपने पिता को जानने आया हूं। ये कैसी अजीब बात है ना बीस सालों तक जिस पिता के साथ रहा, उसके साए से भी डरता रहा आज जब वे नहीं हैं तो उसके लिए तड़प रहा हूं...उसकी आंखें आंसुओं से तर हो गई। पता है अंतिम दिनों में वे मुझे कैसे खाली-खाली निगाहों से देखते थे। मुझे इशारे से बुलाते थे। जैसे वे मुझसे कुछ कहना चाहते हों। मैं नफरत से भर जाता था। उनके कमरे में सिर्फ शराब की गंध थी। अंधेरे कमरे में शराब की बोतलें और कांच के ग्लास के अलावा कोई आवाज नहीं थी। बीस साल तक वे शराब में डूबे रहे। कैसी विचित्र बात है ना! पत्नि और बच्चों के रहते एक आदमी एकदम अकेला था। यह कहते-कहते आयान फफक कर रो पड़ा। सुमी हम चाहते तो उन्हें बचा सकते थे। हम सबने उन्हें मरने छोड़ दिया। उन्होंने भी मरना तय कर लिया था।

उसकी आंखों में पुराने दिन तैर आए। मुझे याद है सुमी...वह फरवरी का माह था। मैं फुटबॉल खेलकर घर आया तो देखा पापा को लेने अस्पताल से एंबुलेंस आई है। उन्होंने कातर निगाहों से मुझे देखा पास बुलाया। मैं समझ नहीं पा रहा था वे क्या कहना चाह रहे हैं। उनकी आवाज का एक सिरा पकड़ता तो दूसरा छूट जाता। मैं पास गया। पापा खामोशी से देखते रहे। मेरे हाथों को अपने हाथ में लेना चाहा। मैंने अपना हाथ उनके हाथों में छोड़ दिया। उनकी आंखों में आंसू रुके हुए थे। भीगे चेहरे पर उजली-सी मुस्कुराहट चमक रही थी, जैसे कोई पुरानी बात याद आ रही हो। मैं उनके चेहरे को देखता रहा। चौड़ा माथा जिस पर फैले उनके काले बाल बहती लहरों की तरह उमड़ रहे थे। उस दिन

उन्होंने पीले ऊन की बुनी स्वेटर पहनी थी। जो मां ने कभी मुहब्बत के दिनों में बनाया था उनके लिए। एंबुलेंस में काका थे उनके साथ। हममें से कोई नहीं गया उन्हें छोड़ने। यह कहते हुए उसके चेहरे पर अजीब सा खालीपन चला आया। तुम्हें पता है सुमी मैं कितनी रातों से सोया नहीं। आंखें बंद होते ही पापा की कातर निगाहें मुझे देखने लगती हैं। उसका चेहरा पीला पड़ गया। उसकी आवाज ऐसी, जैसे किसी अंधेरे कुएं से निकल रही हो।

ओह आयान! सुमी ने उसका सिर सहलाया। स्मृति की रस्सी को खींचा ताकि वह बाहर निकल आए। भाई चलो मां बुला रही है नीचे। उसकी आवाज भरभरा गई। उसने अपने आंसू पोंछे। भाई पता है मां ने आज बेसन की बड़ी बनाई है, करेला का भंरवा, तिलकोरा के पत्ते को चावल के आटे में लपेटकर तला है। अरहर की दाल में देसी शुद्ध घी की खुशबू ने उसकी भूख बढ़ा दी। उसने आयान का हाथ थामा और आवाज लगाई।

मां! क्या आज रसोई से निकलोगी नहीं! विदेशी भतीजे के लिए इतनी तैयारी। अरे इसे ये सब पसंद आएगा? मां ने आंख तरेरी। आयान को खिलाने लगी। उसे पता था मां अपना सारा प्यार खाने पर ही उड़ेलेगी। एक-एक चीज आयान चांव से खा रहा था। बुआ ये कैसे बनता है? मैं हंस रही थी क्यों तुम क्या वहां जाकर शुद्ध देहाती होटल खोलने वाले हो। गोपाल का देहाती होटल कैसा नाम है? हाहाहा...। सुमी तुम्हारा दिमाग चलता है। कुछ क्षण ऐसे होते हैं जो बिला वजह खुशी देते हैं।

आज आयान को दिल्ली दिखानी थी। वह उन सारी जगहों से गुजरना चाहता था जहां-जहां मामा गए थे। गाड़ी शाहजहां रोड से होते हुए मंडी हाउस के पास हमने रोक दी। पता नहीं कैसी-कैसी यादें इस सड़क पर बिछी हैं। हम सब धरती में से बीती हुई सभ्यता के निशान खोज रहे हैं।

आयान खामोश था। बार-बार उसका दिल पूछ रहा है कि आखिर क्या हुआ कि पापा फिर कभी लौट कर नहीं आए। खुद को शराब में डुबो दिया। कभी-कभी हम अपने बीते हिस्से को याद नहीं करना चाहते। दुख अगर बीते नहीं तो जीना मुश्किल है। आज वर्षों बाद ताले में बंद सारे राज खुल गए थे।

मां स्मृतियों को अंधेरे से बाहर निकाल रही थी। ओह मां रुको! रुको! जैसे उस पर हाल आया था—दिल्ली, 1984। रात के गयारह बजे होंगे। जस्टिस इम्तियाज हुसैन के घर आज बड़ी रौनक थी। बेटी का निकाह था। मेहमानों और बच्चों के दोस्तों से महफिल गुलजार थी। जस्टिस इम्तियाज हुसैन के दो बच्चे थे। शहजाद और फातिमा। शहजाद और मेरे भाई में गहरी छनती थी। दोनों ने कलकत्ता से एम.ए. साथ किया था। कई सालों तक दोनों कोलकाता में थे। जो पहले कलकत्ता के नाम से जाना जाता था, भाई को अभिनय का बेहद शौक था। शहजाद भाई नाटक के निर्देशन में थे। बाद में दोनों ने फिल्मों में भी काम किया। कोई फिल्म चली नहीं। उर्दू, बांग्ला और अंगेजी में शायरी भी की। पर कहीं दाल नहीं गली। हारकर चचा जान ने कहा कि तुम्हारी मर्जी बहुत चली, अब हमारी चलेगी। और उन्हें अमेरिका भेज दिया कानून की पढ़ाई करने।

आज सारे पुराने दोस्त फातिमा के निकाह में आए। हैं। फातिमा बी सब की दुलारी थी। शहजाद भाई से ज्यादा उनके सारे दोस्तों की मुंहबोली बहन आज रुखसत हो रही है। शहजाद भाई गले लग के जार-जार रो रहे हैं। बड़े भैया की आंखें बार-बार डबडबा रही है। मिरासीनें गा-गा कर थक गई हैं। मेहमान जब रुखसत हो गए तो सारे दोस्तों की महफिल सजी। घुंघराले बाल, बड़ी-बड़ी आंखों में काजल नाक में हीरे की लोंग पहने एक लड़की गुजरी। शहजाद ने परिचय कराया मीट माई फ्रेंड-अमृत कौर। फिर भाई की तरफ देखकर कहा मियां जल तो नहीं रहे हो तुम्हारे बदले हमने ही परिचय करा दिया। भाई के चेहरे पर प्यारी सी हंसी तैर गई। मैंने हंसते हुए कहा—शहजाद भाई मुझे कुर्रतुल एन हैदर की कहानी 'सीता' याद आई। दरख्तों के कुंज से सीता ने राम पर निगाह डाली और उनकी नजरें राम पर ऐसी जमीं जैसे चकोर खिंजा के चांद को देखता है। ...उन्होंने राम को आंखों के जरिये दिल में दाखिल करके पलकों के किवाड़ बंद कर लिये। हो हो कर सब हंस पड़े। भाई ने मेरे सर पर चपत मारी। शैतान की बच्ची! रात काफी हो गई थी। चचाजान ने कहा तुम सब आज यहीं रुक जाना, अभी जाना ठीक नहीं। इन दिनों शहर के हालात कुछ ठीक नहीं। हम सब वहीं रुक गए थे। पर अमृत ने कहा कि उसे

जाना होगा। घर में कह कर आई नहीं है। भाई ने कहा हम छोड़ कर आते हैं।

शहजाद भाई ने मजा लिया...अरे जाओ मियां चांदनी रात है...भाई रवाना हो गए। सड़क के दोनों किनारे दरख्तों के घने झुंड थे। हवा में पहाड़ी गुलाबों की तेज महक थी। दरख्तों के नीचे दो-तीन मोटरें खड़ी थीं। अचानक भाई ने देखा तीन-चार लोग मोटरसाइकिल से उन्हें घेरने की कोशिश कर रहे हैं। वे जब तक कुछ समझते एक मोटरसाइकिल सामने आ गई। उन्होंने जोर से ब्रेक मारा। अमृत को उन चारों ने दबोच लिया। भाई उसके पीछे भागे। उन्होंने उनके पैर में गोली मारी। खून से भीगे भाई घिसटते हुए भागे थे उनके पीछे। रात भर पागलों की तरह उसे खोजते रहे। सुबह अमृत की लाश मिली थी। बदन पर से जगह-जगह मांस नुचा हुआ था। अमृत को मारकर इंदिरा गांधी की मौत का बदला ले लिया गया था। यह कहकर मां फफक-फफक कर रो पड़ी।

उसकी स्मृतियों में आंकड़े तैर गए। अखबार में आया था कि अब तक हजारों लोग मारे जा चुके हैं। विशाल श्मशान जिससे आसमान तक सड़ांध उठ रही थी। हर जगह दर्द भरे चिर-क्रंदन से आक्रांत रातें और दिन। फिर भी ये दहशत अभी इतनी नजदीक नहीं पहुंची थी। शहर में ऐसी आकस्मिक विचारहीन शांति छाई थी कि यह समझना मुश्किल था कि राजनीतिक हत्याओं के लिए आम आदमी पर कहर क्यों टूट रहा है। बच्चे और बूढ़े भी नहीं छोड़े गए। ये मौतें क्या होती हैं? इतिहास में हजारों लोगों के शव की घोषणा को अगर आप ठीक-ठीक समझना चाहते हैं लाशों की भीड़ में कुछ अपने प्रियजनों के चेहरे जोड़ दें।

मां की आंखों में चिताओं से उठने वाली रौशनी चारों दिशाओं में फैल गई। आसमान की ओर उठने वाले घने और सड़ांध भरे धुएं की एक तस्वीर कौंध गई। उसने झटका देकर अपने को संभाला। बाहर बसंत के शीतल आकाश की शांत आभा फैली थी। उसका चेहरा आंसुओं से भीगा था। आयान ने उसका हाथ अपने हाथों में लिया और देर तक हम तीनों रोते रहे।

# गुनाह

पीली और चमकीली धूप सुबह के नीले आकाश में फैल गई। गर्मी किसी माशूका की तरह उसके बदन से लिपट गई। उसने पेड़ के नीचे बैठकर चमकते आसमान को देखा। पानी पड़ने के कोई आसार नहीं। पता नहीं सूरज को इतनी आग क्यों लगी है। सब जगह आग ही आग है। जल रहा है सबकुछ। दिल और दिमाग भी। उसे लगा कि वह बहक रहा है। उसने बड़ी मुश्किल से अपने आंसूओं को रोकने की कोशिश की। मन में उन धुंधले बरसों की स्मृतियां उमड़ आई।

अंतिम बार मां आई थी। आंसुओं से सराबोर चेहरे को देखकर उसका मन कर रहा था कि वह उसके सीने से लिपट बच्चों की तरह रो पड़े। पर वह काठ बना बैठा रहा। वह क्या था जो उसके भीतर जम गया था। वह चीखना चाहता था। वह कहना चाहता था अम्मा मत जाओ। मत जाओ मां। पर शब्द तालू से चिपक गए थे। जीभ ऐंठ गई थी। कमरे में म्लान अंधेरा था। इस समय अंधेरे का होना उसे राहत दे रहा था।

वह अपना चेहरा अंधेरे में छिपा सकता था और चोरी से मां को देख सकता था। सालों बाद देख रहा था मां को। वह दुबली और कमजोर लग रही थी। उसके कपड़े बेतरतीब थे।

उम्र से पहले चेहरे की लकीरें गहरी हो गई थीं। उसे झटका लगा। मां का चेहरा कितना बदल गया है। रंग पीला पड़ गया है। गालों की चौड़ी, उभरी हुई

हड्डियां, उदास आंखें। सिर के बाल कम गए हैं जिसके कारण माथा ज्यादा चौड़ा दिखाई दे रहा है।

ये तो उस मां की शक्ल से अलग है जिस मां के साये में बचपन गुजरा।

मां को सब गुल बुलाते थे। पूरा नाम था गुलमोहर। काले घने घुटनों तक बाल। तांबई रंग। आंखें स्वप्न से भींगी। खोई-खोई सी। उसका मन करता मां से पूछे तुम्हें क्या दुख है जो हमेशा तुम्हारी आंखें खोई-खोई रहती है? पर कभी साहस नहीं हुआ। एक ऐसी ही रात जब वह नींद से जागा देखा मां चुपके-चुपके रो रही है। वह पास आई और मुझे खूब प्यार किया। बांहों में लपेटकर बिस्तर पर पड़ी रही, मेरी तरफ ऐसे देखा जैसे हम अंधेरे बियाबान में खो गए हों।

मुझे नहीं मालूम था मां से यह अंतिम मुलाकात है। उसी रात मां घर छोड़कर चली गई थी। सुबह उठा तो घर में कोहराम मचा हुआ था। पुलिस आई थी। कुछ नहीं समझ आया क्या हुआ?

मां कहां चली गई? मैं बुक्का फाड़ कर रो पड़ा। रोते-रोते मेरे आंसू सूख चुके थे। अब आंसू देखकर पशेमां होने वाला कोई नहीं रहा। मां के साथ मेरा बचपन भी चला गया। ऐसा ही होता है। जब कोई अपना छोड़कर चला जाता है तो जिंदगी बदल जाती है। जीवन ठहरता नहीं पर स्मृतियां ठहरी रहतीं।

मां के नहीं होने से मेरे भीतर जो बवंडर उठा था, वह धीरे-धीरे बैठने लगा था। मैं मां के जीवन से काफी आगे निकल चुका था। अतीत के अंधेर से निकलकर भविष्य में पांव जमा चुका था। मेरे भीतर की मां कोमल, प्यार से लबाबल भरी हुई है, बाहर की मां जिसने मुझे पथरीली जमीन पर अकेला छोड़ दिया। और आज अचानक 20 सालों बाद वापस आ गई।

हमारी जिंदगी में ऐसे मौके आते हैं जब हम खुद अपने ही दर्शक बन जाते हैं। मैं देख रहा हूं मां को। उसकी आंखों से लगातार आंसू बह रहे हैं। आलोक! मैं लौट आई हूं तुम्हारे पास। क्या हम फिर से साथ रह सकते हैं? मां! मां! ये तुम हो।

ये किसकी आवाज है? जैसे किसी गहरी खाई से आ रही हो।

मेरा मन कर रहा है कि मां को पास बिठा ले, कहे ये तू क्यों पूछ रही

है? ये तेरा ही घर तो है। पर जो शब्द निकले उससे एक भयानक विस्फोट हुआ। शब्द पराए हो गए, यह क्या बोल रहा है वह? ... तुम यहां क्यों आई? तुम चली जाओ। मैं सहन नहीं कर सकता। यह कहते ही वह बुरी तरह कांपने लगा। उसका चेहरा नीला पड़ गया। मां बुत बनी खड़ी रही कुछ देर तक। जैसे उसे उम्मीद हो कि वह आकर मां के सीने से लिपट जाएगा। पर वह सर झुकाए बैठा रहा। उसके भीतर सबकुछ जम गया था। वह देर तक सुनता रहा मां के कदमों के दूर जाने की आहट। वह कहना चाहता है मां लौट आओ पर आवाज मर गई। शब्द खुश्क हो गए। मां फिर कभी नहीं लौटी। वह सारी रात बरामदे में बैठा रहा।

चारों तरफ चांदनी फैली थी। अंदर हा-हाकार मचा था। अतीत की छायाएं मंडराने लगी। मन के हर कोने को लहूलुहान करती रही। उसने अपने सर को झटका दिया। धूप जमीन से सरकने लगी थी। लगा कि सब इंतजार में होंगे। अब जाना चाहिए।

उसने मन को कड़ा किया और गांव रवाना हुआ। अभी शाम के चार बज रहे हैं। उसे पता है कि लाश उठी नहीं होगी।

उसका इंतजार हो रहा होगा। जीवन भर जिस मां के लिए कलपता रहा आज वह मिली भी तो किस तरह। वह बंगले के पास आकर ठिठक गया। पांव आगे नहीं बढ़ रहे थे। वही घर है पर कितना बेगाना है। वह धीरे से फाटक में घुसता है।

मार्च की खुश्क, गरम हवा। सांय-सांय करती चली आ रही है।

सूनी शाम। उसे लगा मां दरवाजे से लगी खड़ी है बांहें फैलाए।

वह भागता हुआ उन बांहों में समाना चाहता है। तू अब आया है? यह कह कर मां गायब हो गई। दरवाजे पर लगे परदे के रिंग धीमे-धीमे खनखना जाते हैं। वह फटी-फटी आंखों से निहारता रहता है। मासी उसे झकझोर रही थी।

आलोक-आलोक। वह लिपट पड़ता है। मासी! मासी! आमी मां के मेरे छी। मासी मैंने मां को मार डाला। छी आलोक।

ऐमनी बॉलो ना! होश में आओ आलोक। घाट जाना है। देर हो रही है।

सुबह जब मां को अग्नि देकर लौट रहा था तो देखा उन्हें एक किनारे खड़े हमारी नजर मिली। आंखें भींग गई। मां के पार्थिव शरीर को अग्नि दिखाते हुए मेरे हाथ कांप उठे। नदी में उसकी राख को बहाते हुए लगा कोई रिश्ता किस तरह पानी में बह सकता है।

वह जो 20 बरस चुप रही अब हमेशा के लिए चुप हो गई।

पर मेरे भीतर तो वह निरंतर बह रही थी। मैं देख रहा था वही वर्षों पुराना कमरा। जिसमें मां की सारी चीजें सलीके से लगी थीं। एक पुरानी अलमारी। जिसमें मां के कपड़े और उसकी डायरी रहती थी। पलंग के कोने में मेज पर मां की कुछ किताबें। और यह आरामकुर्सी जिस पर घंटों बैठकर पढ़ा करती थी। उसे पढ़ने का खूब शौक था। ज्यादा पढ़ी-लिखी नहीं थी पर साहित्य पर पकड़ थी।

उसकी डायरी के पन्ने भरे रहते। पापा कभी-कभी नाराज होते।

कहते सारे दिन आप क्या लिखती रहती हैं। वह खिलखिलाती अपनी जिंदगी का हिसाब लिख रही हूं। पापा सरकार की नौकरी में थे। बड़े रौबदार। छोटे इलाके में बड़े अफसरों का रौब यूं ही रहता है। मां जब लिखती तो उसकी अलग दुनिया होती। उसकी अलमारी को कोई हाथ नहीं लगाता। यूं भी वह सबकी नजर में कबाड़खना ही था। पर जिस दिन उसका राज खुला घर में भूचाल आ गया। मैं कहीं से खेल कर लौटा था।

देखा पापा गुस्से से कांप रहे हैं और मां पीली पड़ी हुई है।

उसकी पुरानी अलमारी का सारा सामान बिखरा पड़ा है। पापा के हाथों में कागज का पुलिंदा है। जिस कागज पर मां का दिल धड़क रहा है। कागज पर मन और तन की व्यथा लिखी हुई है। तन की ताप जैसी, मन के प्यास जैसी। फिर कितने दिनों तक घर को तिल-तिल कर जलते देखता रहा। और अंत में उस दिन जब पुलिस मां को ले जा रही थी, वह चीख रहा था मत ले जाओ अम्मा को। मत ले जाओ। आंसुओं के झिलमिले में एक शांत और शालीन चेहरा दिखाई दिया। मां ने मेरे चेहरे को हाथों में भरते हुए कहा अगर यकीन कर सको तो करना मेरे बच्चे, तुम्हारी मां ने कोई गुनाह नहीं किया, प्रेम किया।

प्रेम तो गुनाह ही था। इसलिए हमारे कानून में ये नायजाज संबंध ही है। मेरी मां जिसने अपनी मुहब्बत का राज खुदा के मखलूख से भी छिपा कर रखा था उसके जगजाहिर होने पर वह जरा भी विचलित नहीं हुई। सारी सजा मां हंसते हंसते झेल गई पर नहीं झेल सकी जब बेटे की नजर में अपराधी घोषित हुई। आज माफी मांगना चाहता हूं मां से। उस मां से जो जिंदगी की आखिरी सांस तक फूलों की आब की तरह जीती रही। उस मां से जिसकी हथेलियों पर इश्क के रंग झिलमिलाते रहे।

# इनबॉक्स

अभी काफी वक़्त था शाम ढलने में। सूरज की लाली आकाश पर फैली थी। चाय लिए वह बालकनी में आ गई। सूरज अब पेड़ों के झुरमुट में छिप गया था। उसकी घनी टहनियों के बीच रौशनी की छोटो-छोटी बुंदकियां झर रही थीं। पिछली रात की बातें धीरे-धीरे पास आने लगी। क्या हुआ था कि वह अपने इनबॉक्स में पड़े मेसेज को इग्नोर नहीं कर पाई। शब्द छलक पड़े थे। प्लीज अपने बारे में बताएं। उसे अजीब लगा। जिसे जानती तक नहीं वह इतने अपनेपन के साथ क्यों पूछ रहा है। उसने सोचा कोई होगा। और कुछ लिखने लगी। इनबॉक्स में फिर शब्द चमके। ...मुझे आपके नाम में दिलचस्पी है। जी बताए? आपके बारे में जानना चाहता हूं। मेरे बारे में। ...यही कि मेरी उम्र 50 साल होगी। लिखने-पढ़ने में दिलचस्पी है। पर आप क्यों जानना चाहते हैं। क्या किसी को जानना बुरा है? शब्द ने मजा लिया। ...नहीं, मेरा मतलब ये नहीं। इस आभासी दुनिया में मेरा भरोसा नहीं। वह कुछ देर खामोश रहा। ये सही नहीं है, ये दुनिया हमारा हिस्सा है। वह हंसा। ...जी। और बताएं। उसे लगा ये बंदा उसके बारे में इतनी जानकारी ले रहा है तो वह भी तो जाने कि कौन है। ...आप अपने बारे में बताएं। हर्फ़ फिर उछलकर उसके इनबॉक्स में आया। ...मेरा नाम पावेल है। ...बड़ी ऊबड़-खाबड़ जिंदगी रही। क्या बताऊं। ...हजारों काम किए जीने के लिए। मेरा परिवार सालों तक मजदूरी करता था।

उसे दिलचस्पी हुई।

रात गहरी हो रही थी। पर जैसे जैसे शब्द झर रहे थे उसकी नींद भाग गई। बाहर एक धुंध-भरा विस्तार फैला था। सड़क पर लगे लैंपपोस्ट की दो-चार बत्तियां जुगनुओं-सी टिमटिमा रही थीं। ...उसने पूछा और। हाहाहा। आपको बातों में मजा आने लगा। तो सुनिए। मेरी बचपन में शादी हो गई। मुझे आपकी तरह जेहादी बनने का मौका नहीं मिला। हम जेहादी लगते हैं आपको? जी। ...मुझे नहीं, कुछ नामुरादों को जो प्यार को जिहाद मानते हैं। अब देश में प्यार करने वालों पर कहर टूटेगा। जी। ... ये कहर पहले भी टूटता था। न टूटता तो शीरीं-फरहाद न होते। लैला-मजनूं न होते। जी। ... अब रात गहरी हो गई है। ...आप सो जाएं। आप भी। शब्बा ख़ैर। उसने लैबटॉप बंद किया। बिस्तर पर लेट गई। पर नींद जा चुकी थी। काफी देर पड़े-पड़े करवट बदलती रही। फिर बालकनी में आ गई। बाहर हवा में खुनकी थी और आकाश खुला था। तारे चमकीले। रात शांत, निश्चल। निश्तब्ध। पता नहीं कब नींद आई। आंखें खुली तो आकाश जा चुके थे। उसने घड़ी पर नजर डाली। 9 बज गए। कितनी देर तक सोती रही। कितना काम पड़ा है। कई लेख लिखने की डेड लाइन है। उसने चाय बनाई। जल्दी-जल्दी अख़बार पर नजर डाली। उसने सोचा आज फेसबुक पर नहीं जाएगी। बेवजह काफी समय लगता है। शाम होते-होते उसे काफी बेचैनी महसूस हुई। जाने क्यों लग रहा था कि कोई इंतजार में है। काफी जद्दोजहद के बाद उसने फेसबुक खोला। फेसबुक खुलते ही उसने देखा उसके इनबॉक्स में लाल बत्ती जल रही है। किसी खतरे की घंटी की तरह। उसने जैसे ही इनबॉक्स खोला शब्द हंस रहे थे। ...मैं जानता था आप आएंगी। पर हम लापता हो रहे हैं दो दिनों के लिए। लौटकर बताऊंगा। उसे अजीब-सा खालीपन का अहसास हुआ। खुद पर गुस्सा आया। ये क्या हो रहा है तुम्हें? ऐसी भी क्या बेचैनी। किसी काम में मन नहीं लगा। वह बाहर निकल आई।

बाहर अंधेरा था। रात खामोशी में डूबी थी। वह धड़कते हुए अंधेरे में भटकती रही। अनायास ही उसके पांव मां के घर की ओर मुड़ गए। घर में घुसते ही उसने देखा मां ड्राइंग रूम के एक कोने में बैठी हुई है। घर के काम-काज

से फुर्सत पाकर वह इस समय कोई किताब लिए बैठती हैं। उसे मां को पढ़ते हुए देखना अच्छा लगता है। जिंदगी भर उसने अपने शौक को इस गृहस्थी में झोंक दिया। उसे देखते ही मां के चेहरे का भाव खुशी में बदल गया। अरे कनु तुम इस वक़्त? हां मां, बस तुमसे मिलने का मन किया। अच्छा हुआ तुम आ गई। तुम्हारे लिए चाय लाती हूं। उसने देखा मां की नजरें उसके चेहरे पर टिकी हैं। वह जानती है कि पिछले कुछ दिनों की सख्त मेहनत और परेशानी उसके चेहरे पर निशानी छोड़ गई है।

आजकल क्या काम बहुत है? नहीं मां, वैसा ही जैसे हमेशा चलता है।

फिर तुम परेशान क्यों दिख रही हो? कोई खास बात नहीं। वह हंस दी। उसे मां पर बहुत प्यार आया। बच्चों के चेहरे पर थोड़ी भी परेशानी देख मां विचलित हो जाती हैं। उसने मां को गहरी नजरों से देखा। मां तुम्हें कभी डर नहीं लगता?

उसके चेहरे पर कोमल सी हंसी उभरी इस उम्र में डरने के लिए बहुत कम बातें रह जाती हैं। अचानक मोबाइल बजा।

हेलो।...

कोई आवाज नहीं

हेलो।...।

कनु आप ठीक हैं ना?

उसका दिल तेज-तेज धड़कने लगा।

अरे ये आप हैं?

उसकी आंखें चमकीं।

आपको मेरा नंबर कैसे मिला?

चाहने वाले तलाश ही लेते हैं। हाहाहा आपको बहुत मिस कर रह था! मुझे लगा आप भी मिस कर रही होंगी! इसलिए फोन किया।

उसे हंसी आ गई।

आप दूसरों के बारे में इतने भरोसे के साथ कैसे कह सकते हैं? सुनिए मेरे पास वक़्त नहीं है। मैं कही फंसा हूं। फिर फोन करूंगा। सच कहूं मुझे

आपसे मुहब्बत हो गई है। इसके पहले कि वह कुछ कहती फोन कट गया। उसे बड़ा अजीब लगा। ये आदमी कितनी आसानी से इतनी बड़ी बात कह गया। वह परेशान बैठी रही। क्या हुआ? कौन था? मां ने पूछा। कुछ नहीं मां! एक दोस्त था। ये कहकर वह उठ गई। मां अब जाती हूं। आकाश आ गए होंगे। क्या हुआ कनु परेशान दिख रही हो। सब ठीक है ना। हां, मां सब ठीक है। कहकर उसने अपना सर मां के कंधे पर रख दिया।

घर आई तो आकाश आ चुके थे। उसने अपनी ऐनक पेशानी पर चढ़ा कर उसे गौर से देखा, क्यों चेहरे पर मायूसी क्यों है? अम्मा ठीक हैं ना? हं, अम्मा ठीक हैं। फिर परेशान क्यों हो? कुछ नहीं आकाश दफ्तर का मामला है। यह कह कर उसने बचने की कोशिश की। दूसरे कमरे में जाकर कपड़े बदलने लगी। दरवाजे पर जोर-जोर से कुंडी खटकने की आवाज से उसकी एकाग्रता भंग हुई। दरवाजे के बाहर आकाश था। क्या कर रही हो यार। कब से आवाज दे रहा हूं। खाना लग गया है आ जाओ। अरे हम आ ही रहे थे तुमने क्यों लगा दिया। कनु अब चलो भी मुझे भूख लगी है और कल जल्दी दफ्तर जाना है। आकाश बिस्तर पर जाते ही सो गया। हल्की-हल्की उसकी नाक बज रही थी। उसकी आंखों में नींद नहीं थी। वह बाहर आ गई। काफी समय तक वह बालकनी में बैठी रही। बाहर उमस है। अभी तक बारिश की एक बूंद भी नहीं गिरी है। हर चीज पर धूल की परत चढ़ी है। सड़कें पहले से भी ज्यादा वीरान नज़र आने लगीं। अंधेरा होते ही सड़कें खाली और खामोश हो जाती हैं। शहर का खालीपन उसके भीतर उतर आया। उसे लगा ये कुछ ठीक नहीं हो रहा है। उसके भीतर जो चल रहा है उसे बाहर आना होगा। उसने लैपटॉप निकाला और लिखने लगी।...

तुम याद आ रहे हो बेतरह। सोचा तुम्हें ख़त लिख दूं। जिंदगी इस तरह मिलेगी सोचा न था। जब मिली तो बेशुमार रंगों के साथ। मुझे मुहब्बत हो गई है। जिसे मैं जागते जी रही थी, वह नींद में उलटा बहता हुआ मेरे पास आ गया।

मेरे भीतर बहता रहा। वह क्या था जो हमारे बीच बह रहा था? निरभ्र, शीतल, शांत। नशीली, मांसल। हमेशा जैसे तुम पास होते हो। तुम्हारी हंसी, तुम्हारी बातें, तुम्हारी आंखें सब याद आती हैं। तुम मुझे सुन पा रहे हो न?

जी करता है घंटों तुमसे बातें करती रहूं। कल आसमान खुला था और तारों की उजली रौशनी में याद कर रही थी तुम्हारे साथ गुजरे लम्हों को, जो लम्हें इनबॉक्स से निकलकर मुझ से इस तरह मिलते हैं जैसे हम एक-दूसरे के जानिब बैठे हों। देखो पूरी कायनात रंगों से भर गई है। शाखों से गिरते पत्ते और बारिश की नन्हीं-नन्हीं बूंदों के बीच तुम ही तो हो जिसका यकीं था कि हमारा प्यार जिंदा रहेगा। उसके शब्द इनबॉक्स में झिलमिला रहे थे उसने लैपटॉप बंद कर दिया। जाने क्यों मन हल्का लग रहा था।

आज सात दिन हो गए उसे ख़त लिखे। वह अपने ख़त के जवाब का इंतजार करती रही। उसका दिल जोर से धड़क रहा था। जब भी लैपटॉप खोलती खाली इनबॉक्स उसका मुंह चिढ़ाता रहता।

आज वह दफ्तर से जल्दी घर आ गई इस उम्मीद में शायद कोई जवाब आया हो। आकाश बाहर वाले कमरे में ही बैठे थे। उसे देखते ही अजीब नजरों से देखा। ये सब क्या है कनु? ये पावेल कौन है। ये सब कितने दिनों से चल रहा है? वह चुप थी। जैसे किसी ने नींद से जगा दिया हो। वह जानती थी उसके पास कोई जवाब नहीं है। वह चुप बैठी रही। आकाश तिलमिला उठा। अच्छा तो मेरी पीठ पीछे रंगरेलियां मना रही थीं।

उसे लगा जैसे जमीन फट जाये, वह सीता की तरह धरती में समा जाए।

उसने कांपते हुए हाथों से आकाश को छुआ। मुझे पता नहीं ये किस तरह हुआ। मुझे वक़्त दो आकाश। सब ठीक हो जाएगा। आकाश झटके से उठ गया। नहीं, अब नहीं। तुम्हारे साथ अब एक पल नहीं रह सकता। यह कहते हुए आकाश तेजी से निकल गया। उसे लगा उसके शरीर से किसी ने पूरा पानी निचोड़ लिया हो। वह उठी!

...बरामदे में जा कर खड़ी हो गई। सामने दूर-दूर तक देवदार के ऊंचे-ऊंचे

पेड़ खामोश खड़े थे। हवा खुश्क थी पर वह कांप रही थी। वह जानती है जो कुछ हुआ वह दुनिया के लिए नया नहीं है। ऐसा हमेशा हुआ है और होता रहेगा। लोग इसी तरह मुहब्बत में गिरफ्तार होंगे। दिल टूटेंगे। पर इस तरह आकाश का घर छोड़ जाना ठीक था? जिंदगी के कई मौकों पर उसने आकाश का संभाला था। उस समय भी जब नाहिद उसकी जिंदगी में आई थी। पर दोनों को लगा था कि वे एक-दूसरे के बिना नहीं रह सकते। पर आज एक झटके में उसने सब कुछ खत्म कर दिया। उसे संभलने का मौका नहीं दिया। वह बहुत देर तक सामने सड़क को देखती रही। आसमान सुर्ख था,सड़क पर मुकम्मल सन्नाटा था। उसे डर लगने लगा। वह फूट-फूट कर रो पड़ी। जिस आदमी को मैंने अपनी जिंदगी,अपना दिल दिमाग, रूह सभी कुछ सौंप दिया आज वह इस तरह उसकी जिंदगी से निकल गया। उसे कुछ कहने का मौका भी नहीं दिया। वह रात भर रोती रही। पर वह जानती थी कि अब उसके आंसू देखकर रंजीदा या पशेमां होने वाला कोई नहीं। उसके सामने सारा दिन, सारी दुनिया ख़ाली पड़ी थी।

कई दिनों बाद आज वह दफ्तर गई। उसने लैपटॉप खोला। वह सोच रही थी जिस आदमी ने मेरी जिंदगी में तूफान मचा दिया वह अब कहीa नहीं है। जिसे कभी देखा नहीं, जिससे कभी मिले नहीं वह किस तरह जिंदगी का हिस्सा हो गया। वह क्या था जो हमारे भीतर बह रहा था। उसने फेसबुक खोला। उसकी वॉल पर तीन मेसेज थे। इनबॉक्स की बत्ती जल रही थी। जहां पावेल का नाम झिलमिला रहा था। उसका दिल धड़का। ...वह कब के आए भी और गए भी, नज़र में अब तक समां रहे हैं, ये चल रहे हैं वह फिर रहे हैं, ये आ रहे हैं, वे जा रहे हैं। उसकी आंखों से टप टप आंसू गिरने लगे। झरती हुई बूंदों के बीच पावेल का चमकता चेहरा दिखाई दिया। ये आभासी दुनिया है। क्या हम अपनी दुनिया में मिल सकते हैं? इनबॉक्स में ये मेसेज एक माह पुराना था। उसने कोई जवाब नहीं दिया। सूरज डूब गया। बाहर हल्की पीली-सी चांदनी फैली थी। टिमटिमाते तारों जैसे जुगनू हवा में उड़ रहे थे। वह खाली-खाली निगाहों से इनबॉक्स को देखती रही।

# मैं पगली ऐसी जली कोयला भई न राख

टैक्सी कोसी नदी पर बने पुल से निकलकर हमारे गांव की मुख्य सड़क पर आ गई। सड़क के दोनों किनारे ऊंचे-ऊंचे दरख्तों के घने झुंड हैं। मीलों लंबी सड़क पर लगे लैंपपोस्ट की रौशनी की झिलमिलाहट में मोटरों, तांगों, बसों और साइकिल सवारों के रेले गुजर रहे हैं। रौशनी में चमकती हुई सीधी सड़क को छोड़ कर हम आगे कच्ची सड़क पर बढ़े। चिर-परिचित गंध से मैं भर गई। जो जगह आप पहले जी चुके होते हैं वह आपके भीतर बसा रहता है, आपकी स्मृतियों में।

सुर्ख रंग का सूरज अब डूब रहा है। ताड़ के पेड़ के पीछे छुप गया है। हवा में बादामी जर्द कटहल की खुशबू है। बारिश के बाद का नीला आसमान धुला-धुला सा है। सड़क के दोनों किनारे मकई की फसल लहलहा रही है।

बरसों बाद आज अपने गांव जा रही हूं। गांव बहुत बदला नहीं है। हां, कुछ पक्के मकान जरूर बन गए हैं। आसमान बादलों से भरा हुआ है। हवा में हल्की-सी ठंडक है। फूलों पर बहार के रंग छाई हैं। सब्ज, कासनी, गुलाब, अड़हुल के लाल सुर्ख रंग। मैंने कार की खिड़की खोल दी। हवा में फूलों की भीनी-भीनी खुशबू को मैंने अपने सांसों में भर लिया।

इतनी ताजगी शहरों में कहां। हम गांव के करीब आ गए थे। दोनों तरफ खेतों में धान की रोपनी हो रही है। हम खेतों को छोड़ कर आगे बढ़ आए।

खेत पीछे छूट गए। सिर्फ हरे रंग की क्यारियां दूर तक नजर आती रहीं। अब बांस के झुरमुट और आम के बागान हमारे साथ-साथ चल रहे हैं।

रास्ते में कई पोखर मिले। मेरी आंखें सोन पोखर को खोज रही थी। गर्मी की छुट्टियों में जब हम घर आते थे, तो पोखर में तैरते रहते थे। मां कहती, यह लड़की पिछले जन्म में जरूर मछली रही होगी। पानी से बाहर आना ही नहीं चाहती। मैं चीख कर कहती, मां देखो पोखर भी मेरे साथ बह रहा है। गहरे नीले रंग के पानी में हल्की-हल्की लहरें खामोशी से बहती रहतीं।

मेरा दिल जोर से धड़क रहा था। गाड़ी घर के बाहर रुकी। आम की खुशबू और घर के पिछवाड़े में बांस के घने-घने पेड़ की पत्तियों को छूती हवाओं ने गुनगुना कर कुछ कहा। मैंने कहा मिलती हूं तुम सबसे।

बाहर नानी हाथ में लालटेन लिए खड़ी थी। जलती हुई सुर्ख लालटेन में नानी को जाने कितने सालों बाद देख रही थी। बाल पूरे सफेद हो गए हैं। सफेद साड़ी, पल्लू से सर ढंका हुआ। नानी ने सीने से लगा लिया। मैं चुपचाप खड़ी वर्षों पहले की नानी को तलाश रही थी। काले घने बाल वाली नानी। माथे में सिंदूर की गहरी लकीर वाली नानी। आंखें अब भी वैसी ही हैं बड़ी-बडी। पर काली घनी पलकें पूरी सफेद हो गई हैं। गुरुर और आत्मविश्वास अब भी वैसा ही। बस उम्र के साथ चेहरे की लकीरें गहरी हो गई हैं। उसकी पलकों से मोटे-मोटे आंसू बह गए। मेरे भीतर जीवन के 25 वर्ष बह रहे थे, जिस तरह पहाड़ों की बर्फपोश चोटियों से झरने बहते हैं।

हम दालान से घर के भीतर आ गए। एक साथ इतने सारे अपनों से मिलना। मामी भनसा घर से दौड़ कर आई। कहने लगी, दाय! ये दाय! ऐते दिन बाद मन पड़ल? मैंने कुछ नहीं कहा। सोच रही थी कि नानी का घर भूली ही कहां थी। मन में इस तरह बसा था जैसे कि जब जरा गरदन झुका ली देख ली तस्वीर-ए-यार।

कितने बरस तक मेरे सपनों में ये गाछ, आम का बागान और आंगन के पूरब की तरफ बना भगवती घर पीछा करते रहे। भगवती घर नानी का कमरा था जिसे रोज खुद वह गोबर से लीपती। हम सुबह-सुबह फूल लाने जाते। मेरा

प्रिय काम था नानी के भगवान के लिए लाल-लाल अड़हुल, तीरा-मीरा, चंपा और गुलाब लाना। नानी खुश हो जाती। सूरज निकलने के पहले दोस्तों के संग खेतों की पगडंडी पर चलते हुए झरबेरी के जंगल से गुजरते। जंगल के ठीक पास पोखर था। हम पोखर के किनारे पांव डुबोए बैठे रहते। पास में ही था टेंगड़ी वाली का घर। हमारे घर काम करती। उसके घर की खुशबू खींचती मुझे। गरम-गरम मडुवा की रोटी, लाल मिर्च की चटनी। वह मनुहार करती, 'कनी टा खांउ नय बुची।' हम तो जैसे तैयार बैठे रहते।

टेंगरी वाली नानी को मत बताना, नहीं तो मेरी खाल उधेड़ देगी।

वह हंसती। काले गहरे रंग पर मोतियों से दांत झिलमिलाते।

हम मडुवा की रोटी मजे ले-ले कर खाते। पुरवैया धीरे-धीरे तेज हो जाती। मिट्टी की खुशबू हवा में घुलने लगती। जेठ की तपती दोपहरी में उसके स्वर दूर खेतों, नदियों तक सुनाई पड़ते...

हां।...रे, हल जोते हलवाहा भैया
रे खुरपी रे चलावे मजदूर
एही पंथे,धनी मोरा हे रुसल।

बारिश के मौसम में अकसर मेघ हरहरा के बरसते। वह भागती। अंगना में धान पसरल छै। बुची अहां बैसू हम आबैय छी। वर्षा में भीगी हुई धरती से सौंधी सौंधी महक निकलती है। आम के पेड़ रस से भरे-भरे। मैं गुनगुनाती।... रिमझिम वर्षा बारहमासा।

घर पहुंची तो नानी मेरा बांट जोह रही थी। मुझे देखते ही गुस्से में बोली—सूरज सर पर निकल आया तू कहां चली गई थी?

फूल तोड़ रही थी नानी।

अभी तक फूल तोड़ रही थी? सब समझती हूं! तू सारे दिन पोखर के पास बैठी रहती है। किसी दिन कोई प्रेत तुम पर आएगा तब समझना। यही हाल रहा तेरा तो, गांव के लोग भगा देंगे तुमको।

मैंने मुंह बनाया—

नानी मुझे कौन भगाएगा? मेरे नाना दरोगा हैं तुम उनका रौब नहीं देखतीं।

प्रेत आने की हिम्मत करेगा! हम तो उनके सबसे दुलारे हैं।

हां, हां! बहुत हो गया। अब नाना की ज्यादा तरफदारी मत करो।

उसी दुलारी नतनी को नाना ने एक दिन कहा कि मैं तुम्हारा मुंह नहीं देखना चाहता। इस गांव में आओगी तो मेरा मरा मुंह देखोगी। वह भीतर तक कांप गई थी। नाना के आंसुओं से तर चेहरे को देखते हुए उसने कुछ नहीं कहा और चली गई।

25 साल हो गए। इस गांव को छोड़े। यादें रिसने लगीं। दुख के बादल पिघलने लगे। मैंने इनारे पर जाकर कई बाल्टी पानी सर पर डाल लिया।

सुख कभी पूरा नहीं होता, दुख कभी बीतता नहीं। वक्त उस पर मरहम लगाता रहता है। जब मामा ने कहा, घर में शादी है तुम आओगी तो अच्छा लगेगा। मेरी आवाज भीग गई। मैंने खुद को संभालते हुए कहा, हां! मामा जरूर आएंगे। आज इतने बरस बाद उसी जगह पर हूं। स्मृति की पुरानी छाया उतर आई। अपने ही दिल की धड़कन धीमे-धीमे सुन रही हूं। पता नहीं, कौन सी फांस मन को टीस रही है।

रात में आंगन में खाट डाल कर मैं और नानी अगल-बगल लेट गए। आकाश साफ है। सितारे चमक रहे हैं। बारिश के कारण एक नम, गुनगुनी सी उष्णता फैली है। तारों की हल्की रौशनी आंगन में उतरने लगी है। उसके उजास में नानी मुझे एकटक देख रही है। उसने अपनी खाट मेरे नजदीक खिसका ली। उसकी सांसें मुझे छूने लगीं। बहुत धीमी आवाज में उसने कहा कि तुम्हारे नाना अंतिम दिनों में तुमसे मिलना चाहते थे। नानी अपनी बूढ़ी,जर्द आंखों से अंधेरे में जैसे कुछ टटोल रही थी। मेरी बांह पर उसके गर्म-गर्म आंसू पिघल कर बहने लगे। 'वे कहते रहे एक बार मिला दो मेरी बच्ची से। तुम्हारे जाने के बाद गांव के लोगों ने हमारा दाना-पानी बंद कर दिया था। लोग कहते थे आपकी नतनी को कोई ब्राह्मण नहीं मिला था ब्याहने को? हम सब मर गए थे कि वह मुसलमान के साथ भाग गई। नाना ने चीख कर कहा, अगर किसी ने मेरी बच्ची के खिलाफ एक शब्द भी कहा, तो खैर नहीं। यहीं खड़े-खड़े भून दूंगा।'

दुनिया से लड़ने वाले नाना अपनों से नहीं लड़ पाए। भीतर ही भीतर

घुलते रहे। उस रात मुझे अजीब-सा सपना आया। मैंने देखा नाना मेरे पास आकर बैठ गए। मेरे सर पर हाथ फेरते हुए कहा, ज्ञान के बिना आदमी कितना अधूरा है। अपनी बीमारी के दौरान मैं पढ़ता रहा। पढ़ते हुए जाना कि मनुष्य होना और मनुष्यता के लिए जीना एक-सी बात नहीं है। तुमने जीवन में वही किया जिन बातों पर यकीन करती थीं। आज मैं जा रहा हूं। इतने सालों तक तुम्हारी बाट जोह रहा था।

मेरी आंखें खुल गईं। हड़बड़ा कर मैं उठ गई। अंधेरे में कुछ दिखाई नहीं दे रहा था। लेकिन आंखें कह रही थीं कि नाना यहीं कहीं हैं। जिसके साथ आप वर्षों रहते हैं उसके होने की गंध आपके भीतर ही बसी रहती है। मैं फफक कर रो पड़ी। वर्षों से मेरे भीतर जो जम गया था वह पिघलने लगा। मैंने कातर स्वर में कहा, नाना एक बार आ जाओ।

दूसरे दिन मैंने नानी से पूछा, नाना की समाधि कहां है। मौसी बोली, हम सब बाबूजी की समाधि पर फूल चढ़ाने जा रहे हैं, तुम भी चलो। धुली-धुली रुपहली धूप पोखर में चांदी के छल्ले सी चमक रही थी। चारों ओर आम, कटहल और अमलताश के गाछ लगे थे। हवा के साथ आम और कटहल की तीखी, नशीली गंध मेरे भीतर उतर गई। नाना उसी पोखर के किनारे समाधि में लीन थे। हम सबकी आंखें भीग गईं। स्मृति दिल के कोने से निकल आई। हम अपने भीतर खुद का रोना सुन रहे थे। आत्मा को चीरते हुए आंसू बाहर निकल आए।

घर लौट कर आई तो शादी के गीत गाए जा रहे थे। बड़की काकी, पछबरिया टोला वाली अंबे की मां समेत कई मौसी-नानी बैठी थीं। मुझे देख-देख कर सब हैरान हो रहे थे। कहिया ऐलों बुची? सबको पैर छू कर प्रणाम किया। जी भर आशीर्वाद देने के बाद वे पूछने लगीं, घर में कौन कौन हैं? कितने बच्चे हैं? नाम क्या है? बड़की काकी ने गौर से मुझे देखा। वह माथे पर सिंदूर की लाली तलाश रही थी। किसी ब्याहता की मांग में सिंदूर न हो तो वह ब्याहता कैसी? बड़की काकी ने कहा अपन संस्कार नैय बिसरना चाही। सिंदूर किये नैय लगेने छी? हम हंसने लगे। अब इन औरतों को क्या बताएं कि

जो भर-भर मांग सिंदूर लगा कर भी अपने मर्दों से पिटती रहती हैं।

हमने हंसते हुए कहा काकी, सिंदूर से बाल खुजलाता है। वह कहां मानने वाली थीं। मामी से कहा बुची के माथे में तेल और सिंदूर करो। मामी आई। हथेली में भर कर तेल माथे पर रगड़ दिया और लाल सिंदूर मांग में भर दी। सब हंसने लगीं अब सुहागन दिख रही हो। चेहरे पर कितनी रौनक आ गई है। मैं हंस रही थी। इन औरतों की दुनिया में कितनी छोटी-छोटी खुशी हैं। चलो अगर सिंदूर लगा कर खुश हैं तो लगने दो।

मैं दलान पर निकल आई। बड़की काकी की आवाज में गजब की मिठास है। 'पिया मोर बालक हम तरुणी गे।'...। मैंने आंखें बंद कर लीं। कच्ची रौशनी में भीगा हुआ दिन। धीरे-धीरे धूप मंद पड़ने लगी। आकाश पर बादल घिरने लगे। ननकू चाय लेकर आया, दीदी चाय। चाय पीकर मौसी के पास बैठ गए। पता नहीं क्यों आज मौसी सुबह से अनमनी थी। मेरी मां पांच बहनें हैं। जिनमें मौसी सबसे बड़ी। मां दिदिया कहती थीं इसलिए छुटपन से हम भी उन्हें दिदिया बुलाने लगे। क्या हुआ दिदिया? परेशान हो? सर दुख रहा है, दबा दूं। नहीं रे तू पास बैठ। बस कुछ बातें हैं जो मन में उमड़-घुमड़ रही है।

यह कह कर उसने चारपाई के नीचे से सुर्ख टीन का पुराना बक्सा खींचकर बाहर निकाला। उसमें पुराने कपड़े रखे थे। पता नहीं क्या ढूंढ़ रही थी। बक्से की तल में एक पुराना अखबार बिछा था। उसके नीचे से उसने एक फूलदार दुपट्टा निकला। लाल सुर्ख रंग की ओढ़नी पर सफेद फूलों की बूटी टंके हुए थे। उसमें सुनहले झालर लगे थे। हल्के और गहरे हरे रंग के महीन पत्ते जैसे अभी-अभी गाछ से निकले हों। सुर्ख लाल रंग के बीच बीच में चिनार के सब्ज पत्तों का रंग घुला था।

उसने कहा, इसे संभाल कर रखना। यह तेरे लिए है। मैं हैरान थी। दिदिया ये किसकी ओढ़नी है, बताओ ना! हां तुमसे कहना ही है। तुम तो लिखती हो ना! वर्षों से ये बातें मन के भीतर दबी हैं। तुम से कह कर हल्का होना चाहती हूं। बोलते-बोलते उसकी आवाज बहुत धीमी हो गई।

उखड़ी हुई सांसों के बीच वह रुक-रुक बोल रही थीं। रुई के फाहों-सी

हल्की आवाज हवा के साथ बहने लगी। तुम्हारे मौसा को आज तक मैं अपना नहीं पाई। मेरे मन में कोई और बसा है। कह कर वह फफक पड़ीं। तुममें हिम्मत थी। मुझमें नहीं। ये ओढ़नी उसी ने दी थी। जिसे पिछले 70 सालों से इस बक्से में बंद रखा था। आंसुओं से भीगे चेहरे पर एक उजली सी मुस्कुराहट चमक गई। जैसे वर्षों से सूखी नदी में पानी भर आया हो। कितना अजीब है हमारे भीतर कितना कुछ पड़ा रहता है। जरा अपनेपन से छू दो, तो बहने लगता है। दिदिया की आवाज बहने लगी। मैं उसे बहते हुए देख रही थी। दिदिया को जैसे हाल आया हो...पता है...।

'उस दिन बाहर हल्की हल्की बारिश हो रही थी। बारिश में भींग कर स्याह बांस की हरी-हरी कोपलें गहरे हरे रंग में धुल गई थीं। मां ने कहा, अभी बाहर कहीं नहीं जाना गुल। बारिश हो सकती है। उसने जिद से कहा, मां पोखर तक हो आते हैं। मां ने कहा नहीं, अभी नहीं जाना है। घर में कुछ लोग आने वाले हैं। तैयार हो जाओ। कौन आ रहा है मां? कुछ लोग आ रहे हैं तुम्हें देखने। मुझे क्यों? मुझे क्यों देखेंगे?पगली बहुत सवाल करती है। अच्छा ला तुम्हारी साड़ी बांध दूं। मां ने सिर में खुशबू वाला तेल डाला। चोटी गूंथ दी। बाबा जो साड़ी मां के लिए सिंहेश्वर स्थान से लाए थे लाल पाड़ वाली। मां ने साड़ी बांध दी। दिदिया यह कह कर चुप हो गई। कुछ देर कमरे में सन्नाटा खिंचा रहा। उसने लंबी सांस ली, जैसे किसी गहरे राज को खोलने के पहले खुद को तौल रही हो।

घर की खिड़की से तारों की सफेद रौशनी दिदिया के चेहरे पर गिर रही थीं। मुंह पर हल्की सी मुस्कुराहट की सुर्खी। सीधी नाक। गर्दन ऊंची और नाजुक। उस दिन उसने सफेद और पीले फूलों वाली साड़ी पहनी थी। उसके गले में काली बुंदकियों वाला मंगलसूत्र चमक रहा था। उसके सफेद बाल चांदी की पतली-पतली लकीरों की तरह जमे हुए थे। चौड़े माथे पर लाल बिंदी सूरज की तरह दमक रही थी।

वह धीरे से मेरे करीब सरक आई, रुक-रुक कर कहने लगी जैसे वह किसी गहरे तल से पानी खींच रही हो। तुम्हें पता है 70 बरस में मेरे भीतर

कितना कुछ सूख गया है...बदल गया है...बह गया है! पर प्रेम के स्रोत नहीं सूखे। यह कह कर वह हंसने लगी।

उस दिन बारिश की झिर-झिर कमरे के भीतर तक सुनाई दे रही थी। धूप पड़ने से पानी का रंग रह-रह कर कई रंगों में बदल रहा था। कभी स्याह, कभी सब्ज,कभी सुर्ख। मां ने पुकारा, गुल! इधर आओ। उन लोगों के सामने ज्यादा हंसना नहीं। जो कुछ पूछें उसका सही-सही जवाब देना। क्यों मां, वे मास्टरजी हैं? धत पगली। अब जा। वह दबे पांव चलती कमरे के खुले दरीचे के नीचे पहुंच गई। आधा घंटा गुजर गया। वह उसी तरह दीवार से टिकी खड़ी रही। वे लोग उसकी प्रतीक्षा में थे। बाबुजी ने आवाज दी...गुलसन। मां दौड़ कर आई। दिदिया वहीं खड़ी थी सर झुकाए

अभी तक तू यहीं है? मां ने छोटी को कोसा। तुमसे कहा था ना उसे लेकर जाना। दोनों बहन यहां क्या कर रही हो?

दिदिया जा ही नहीं रही है। मैं क्या करूं?

मां ने दिदिया का हाथ थामा, गुल चल आ मेरे साथ। मैं हूं न! घबराती काहे हो।

शर्म के मारे मेरी आंखें उठ नहीं रही थीं। सामने वही बैठे थे। सफेद मलमल का कुर्ता जिस पर छोटे-छोटे लाल बूटे बने हुए थे। सफेद पाजामा। पांव में चप्पल। मेरी नजर उनके पांव पर से उठी ही नहीं। उनकी मुस्कुराती आंखें मुझे देख रही थीं। एकटक मंत्रमुग्ध। मुझे लगा कि मैं गश खाकर गिर जाऊंगी। बदन चुरा कर भी मैं उन आंखों को महसूस करती रही। मां ने कहा बैठ, जाओ गुलसन।

थोड़ी देर बाद कमरे में सिर्फ हम दोनों थे। शायद मां ने जानबूझ कर हमें अकेला छोड़ दिया था। उसने बहुत धीरे से पूछा आपका नाम जान सकता हूं। जी...मम...मेरा नाम गुल है। आंखें अब भी नीचे थीं। जैसे पलकों पर किसी ने भारी पत्थर रख दिया हो। मेरी नजर उनके पांव पर टिकी रही। जैसे मंदिर में किसी देवता के पांव के निशान हों। वे मेरे करीब आए। हाथ में सुर्ख लाल ओढ़नी थी जिस पर सफेद फूलों के बूटे बने थे। ये आपके लिए मां ने

भिजवाया है।

दिदिया ने गहरी सांस ली। मेरी तरफ मुस्कुरा कर देखा। पता है, उस दिन मैं रात भर जागती रही। जैसे सारी रात कोई देख रहा था, अपनी खाबीदा आंखों से। अपने कमरे से निकल कर मैं बरामदे में टहलने लगी। हवा में हल्की खुनकी थी। आसमान तारों से भरा था। एक किसान बैलों की जोड़ी हांकता हुआ घर जा रहा था। बहुत देर तक घंटियों की सुरीली आवाज बजती रही।

सेमल के पेड़ों के ऊपर सफेद फाये तैर रहे थे। रात शांत, निश्चल, निस्तब्ध थी। दूसरे दिन पता चला कि उन लोगों ने मुझे पसंद कर लिया। मैं खुद को कोस रही थी, कम से कम एक बार नजर उठा कर उनकी सूरत तो देखी होती। 13 साल की एक लड़की ब्याह का मतलब नहीं जानती थी पर प्रेम में चुपके-चुपके भींग रही थी। रात के अंधेरे में जुगनू की तरह चमक रहा था प्रेम। कोई चरवैया गा रहा था 'रात अंधेरी और बादल गहरे तुम ऐसी रात में किस तरह आओगे।'

सावन बीत गया। भादों के आखिरी माह में हमारी शादी होने वाली थी। तभी पता चला कि वहां शादी के लिए बाबूजी ने मना कर दिया। नहीं जानती क्या हुआ। पर उस रात मैं खूब रोई। उस आदमी के लिए जिसे देखा तक नहीं और वह मन में बस गया। तुम हंसोगी, कितना बचकाना था प्रेम। पर सच कहूं वर्षों तक उसकी छवि मेरे मन के भीतर धंसी रही। मौसी अपनी धुन में बहती रही। किस्सा चलता रहा। उसकी आवाज का सिरा मेरे हाथ में है। वह सूनी आंखों से सामने देखने लगी। सफेद पुतलियों पर एक झीना-सा पर्दा उतर आया था।

...'तुम्हारे मौसा से जब ब्याह कर ससुराल गई तो मन उन्हें स्वीकार करने को तैयार ही नहीं था। उस रात चांद बादलों में सोया था। घर के पास लगे ताड़ के दरख्त आसमान को छू रहे थे। पिछवाड़े का पोखर बेख्वाब आंख की तरह खुला हुआ था। हवा बहुत तेज थी। नीचे चांदनी हद्दे-नजर तक खेतों पर फैली थी।

तुम्हारे मौसा पहली बार कमरे में आए। उस दिन चतुर्थी की रात थी। उन्होंने मुझे ऐसे देखा जैसे चांद को चकोर देखता है। मेरा चेहरा हाथों में लिया।

उनकी हथेलियां मेरे आंसू से भर गईं। वे घबरा गए। गुल क्या हुआ? क्या हुआ बोलो ना। मैं पगली क्या बोलती। ऐसी जली कि कोयला भयी न राख। आंसुओं से भीगे चेहेरे ने कहा मेरे मन में कोई और बसा है।

उनके हाथ हवा में लटक गए। मेरा चेहरा अपने हाथों में लेकर विस्फारित आंखों से मुझे देखा। बाहर चांद की उजली रौशनी फैली थी। जिसकी महीन क्लांत छाया दरख्तों पर गिर रही थी। उन्होंने अपनी आंखें पोछीं। कहा, कोई बात नहीं गुलसन, जिस दिन आपके हृदय में हम होंगे, उसी दिन हमारी जिंदगी की नई शुरुआत होगी।

मौसी अब भी रो रही थी। इतना तो उस रात भी नहीं रोयी थी। मैं उसे अपनी धड़कन में सुन रही थी। सहसा उनकी आवाज मंद पड़ गई। वह सो गई। मैंने धीरे से खिड़की का परदा खींच दिया। लालटेन की बत्ती धीमी कर आंगन में आ गई। ऊपर आसमान में तारों का जाल बिछा है। सारा आंगन दुधिया रौशनी में नहाया हुआ है। एक जंगली गंध हवा में घुल रही थी। मैंने देखा मौसी अब भी सो रही है। जैसे वर्षों से जागने के बाद कोई सोता है, सुकून की नींद।

# इस बसंत में हम साथ होंगे

डॉक्टर ने उसे देखा और मुस्कराया। सब ठीक है कोई बात नहीं। थोड़ी सी एंजायटी है। ठीक हो जाएगा। जब दिल घबराए आप लंबी-लंबी सांस लें। घर से बाहर खुली हवा में टहलने जाएं। उसने भरोसे से डॉक्टर को देखा। उसकी आंखें डबडबा गई। डॉक्टर साहब हम अच्छे हो जाएंगे? मद्धम रौशनी में डॉक्टर किसी फ़रिश्ता सा मालूम हो रहा था। डॉक्टर ने उसे सामने कुर्सी पर बिठाया और खुद कुर्सी के पीछे खड़ा हो गया। दोनों के बीच डेस्क का लैंप था। सारे कमरे में सिर्फ यही एक रौशनी थी। डॉक्टर ने उसके कंधे पर हाथ रखा। आप आंखें बंद करें और लंबी सांस लें। घबराएं नहीं। उसने लंबी-लंबी सांस ली और आंखें बंद कर ली। अब धीरे-धीरे अपनी आंखें खोलीं। डॉक्टर का चेहरा सामने था। हल्की सी दाढ़ी, लंबा कद और गहरे भूरे रंग की आंखें। उसने डॉक्टर को देखा। डॉक्टर ने बहुत नरमी से उसे उठाया। अब कैसा फील कर रहीं हैं। जी बेहतर हूं। मेरा दिल संभल गया है। डॉक्टर ने पुर्जे पर कुछ दवाइयां लिखीं, कुछ जरूरी निर्देश दिए। जी अब जा सकती हूं? बेशक! वह बाहर निकल आई।

आज बहुत गर्म दिन था। लू चल रही थी। हवा प्रचंड रूप से सड़कों पर आफत मचा रही थी। इन दिनों बारिश की एक बूंद भी नहीं गिरी थी। हर चीज़ पर धूल की परत चढ़ गई थी, हवा के जोर से उड़कर धूल बादलों में बदल

गई थी। उसने कार का शीशा चढ़ाया और म्यूजिक ऑन किया। एफएम पर कोई पुराना गीत बज रहा था। 'फागुन की रुत आई रे ज़रा बाजे बांसुरी'। ये गाना प्रशांत को बहुत पसंद था। बाहर तेज हवा में सेमल के फूल लहरा-लहरा के गिर रहे थे। गौरी सेमल के उड़ते फूलों को देख रही थी। उसे याद है प्रशांत के साथ लखनऊ की सड़कों पर खाक छानना। कई बार सड़क के किनारे पड़े हुए सेमल के लाल-लाल फूल आंचल में भर लेती थी। प्रशांत कहता था, इतने सारे आग का गोला लेकर क्या करोगी। वह खिलखिला पड़ती थी। उसका चेहरा पुरानी यादों से भर गया। क्या हुआ कि उसका सबकुछ जल गया। अपना घर, रिश्ते। दर्द हवा की तरह फेफड़े में घुस गया, उसने अपना सर झटका जैसे पुरानी यादों को वहीं दफ़न कर देना चाहती हो।

दोपहर में सड़क बिल्कुल खाली थी। दिल्ली में रास्ता कभी खाली नहीं मिलता। सब तरफ ट्रैफिक ही ट्रैफिक रहता है। उसे हैरानी हुई आज कैसे ट्रैफिक नहीं है। रास्ता खाली हो तो दिल्ली की सड़कें बहुत प्यारी लगती हैं। इतनी हरियाली कि आंखें हरी हो जाएं। हरियाली ज़मुर्रदीं रंगों में घुल मिल गई थी। नम मिट्टी की सौंधी खुशबू और ताजगी फिज़ा में रची हुई थी। घर पहुंच कर उसे अच्छा लग रहा था। मां ने दरवाजा खोला। वह बेचैन थी। क्या कहा डॉक्टर ने?

कुछ खास नहीं मां।

कहा जब दिल घबराएं घर से बाहर निकल जाओ। लंबी लंबी सांस लो।

बस! तुमने सारी बातें बताई थीं ना?

हां मां!

कुसुम बेटी को लेकर बहुत परेशान थी

दिल्ली में अकेली रहती है बेटी।

पिछले 2 माह से कुसुम बेटी के पास है। दोस्तों ने सूचना दी थी कि गौरी इन दिनों काफी परेशान रहती है।

उस दिन सारे दोस्त बैठे हुए थे, सब बहस कर रहे थे। वह दूसरे कमरे में थी। उसे अच्छा लगता है उसके दोस्तों से मिलना नए ख्यालात, नई रौशनी

आपस में बतियाते, बहस करते हुए नौजवानों की ये फौज उसे हमेशा ताज़गी से भर देते हैं। उसे नहीं मालूम आखिर क्या हुआ कि गौरी जोर-जोर से चीखने लगी। मां दौड़ कर बाहर आई तो देखा वह बुरी तरह चीख रही है। दोस्त उसे थामें हुए हैं। उसने उसे बांहों में बांध लिया। शांत हो जाओ शांत! बहुत देर तक वह उसकी बांहों में सुबकती रही।

मां ने पाया जब से वह कश्मीर से लौटी है, उखड़ी-उखड़ी रहती है। जैसे पूरी कायनात से नाराज हो। उसने जो किताब लिखी है कश्मीर पर उसे लेकर भी काफी दबाव हैं। किताब पर जिस दिन बातचीत थी उस दिन भी कम हंगामा नहीं हुआ था। अगर पुलिस समय से नहीं आती तो गौरी पर हमला हो सकता था। वह सबसे पीछे की कुर्सी पर बैठी थी। बेटी को सुनने आई थी

गौरी ने बोलने के पहले मां को देखा—मां उसकी तरफ देखकर मुस्कुराई। जैसे यकीन दिला रही हो सब ठीक होगा। गौरी ने बोलना शुरू किया—मैंने जिंदगी का बहुत कम हिस्सा कश्मीर में बिताया है। कुल पांच साल। आप सब जानते हैं हमारा कश्मीर बहुत सुंदर है। हम अपने कश्मीर को, वहां के लोगों को ठीक से नहीं जानते। शायद जानना नहीं चाहते। हमारे दिलों में अपने लोगों के लिए प्यार नहीं है।

मेरे मन में अभी सबकुछ ताज़ा है। सैकड़ों लोग गिरफ्तार कर लिए गए हैं, हालांकि बहुतों को सुबह रिहा कर दिया गया। बहुत सी औरतों के साथ बलात्कार हुए। हिरासत में लिए गए लोगों के साथ बर्बर व्यवहार और उनको दी जाने वाली यातनाओं की सही-सही खबर मेन स्ट्रीम मीडिया में नहीं आ रही है। कैसे जवान बच्चों की लाशें फौजी ट्रकों में लादकर शिनाख्त के लिए उनके घर भेजे जा रहे हैं। सभी तरह की सियासी गतिविधियों पर पाबंदी लगा दी गई है। संगीनों के साये में जीने के लिए मजबूर हैं वे। जब गौरी बोल रही थी पूरा हॉल ख़ामोशी से सुन रहा था। मां गौरी के एक-एक लफ्ज पर ध्यान दे रही थी। खुशी से भरा दिल जोरों से धड़कने लगा। गौरी बोल रही थी, मां सुन रही थी। कितना सुंदर बोलती है गौरी! मां का मन भर आया। वह जानती है जिंदगी के संघर्ष में मनुष्य सिर्फ ज्ञान और स्मृतियां ही जीत सकता है।

वह लय में बोल रही थी। हॉल में तनाव भरी चुप्पी थी। अचानक किसी ने तेज़ आवाज में उसे रोका और कहा- आप एकतरफ़ा बात कर रही हैं। उसका लहज़ा उसकी आंखों के गुस्से के तूफान की ताईद कर रहा था। उस वक़्त आप कहां थीं जब हमारे सैनिकों पर कश्मीरी पत्थर बरसा रहे थे? ये फैसला तो बहुत पहले हो जाना चाहिए था। जो हुआ कश्मीर के हित में हुआ।

आप ये कैसे कह सकते हैं। बिना वहां के लोगों को कान्फिडेंस में लिए रातोरात इस तरह का फैसला सही कैसे हो सकता है?

हमारे देश में जनतांत्रिक सरकार है। हमारे पास कानून है। हमें अत्याचार के शिकार, सताए हुए लोगों का साथ देना चाहिए, गौरी में अपनी बातों पर बल देते हए कहा।

तभी भीड़ में से एक आदमी खड़ा हुआ। उसका चेहरा तमतमाया हुआ था। उसने घृणा से गौरी को देखा। तुम्हारा कानून उस समय कहां था जब कश्मीर से कश्मीरी पंडित भगाए गए। अभी उन्हें उनका हक़ दिया गया तो तुमको आग लगी है!

गौरी का चेहरा गुस्से से लाल हो गया। पर उसने खुद को संभाला। क्या कह रहे हैं आप? कश्मीर में इतने दिनों तक जो कुछ हुआ उसके लिए क्या सिर्फ कश्मीर के लोग जिम्मेदार हैं

क्या इतिहास नहीं मालूम है आपको?

मालूम है तभी तो कह रहा हूं। धर्मनिरपेक्षता के नाम पर हमारे हिंदू पंडित कश्मीर से भगा दिए गए। हमारे देश में मुसलमानों को जितनी तरजीह दी गई क्या पाकिस्तान में वहां के हिंदू बस पाए। भगवान राम के उत्तराधिकारी और ज्येष्ठ पुत्र लव के बसाये नगरी लाहौर में अब मंदिरों की घंटियां नहीं बजतीं। वहां न कोई वेदपाठी ज़िंदा बचा है, न कोई रामायण का पाठ करता है। क्या हम शर्मिंदा हैं, क्योंकि ये सब हमारी आंखों के सामने हुआ है? नहीं क्योंकि हिंदुओं की स्मृति में कुछ नहीं रहता। फिर हमारे पास याद करने को इतना कुछ है कि हमने सब कुछ भूलना ही बेहतर समझा है।

गौरी मंच पर खड़ी हो गई। और सधी हुई आवाज में कहा सुनिए भाई

मेरी बात सुनिए। बैठ जाएं। हमें बहुत सी बातें करनी है- कश्मीर हमारा है। ये देश उनका भी उतना ही है जितना आपका। मुसलमान इस देश का हिस्सा हैं। आप नहीं तय करेंगे उनके बदले। आतंकवाद से वे भी उतनी ही नफरत करते हैं जितनी आप। अगर आपको आपके ही घर में बंद कर दे, आप पर नज़र रखें, आप कितने दिन झेल पाएंगे। आज वहां के हालत पर संजीदगी से सोचने की ज़रूरत है।

वह आदमी भीड़ को चीरता हुआ गौरी के बिलकुल पास आ गया। उसके माथे पर गहरे लाल रंग का टीका था। गले में मोटी रुद्राक्ष की माला। गठीला बदन। उसने घृणा से गौरी को देखते हुए कहा। बंद कीजिए ये नाटक। अब समय आ गया है कि देश डॉ. श्यामा प्रसाद मुखर्जी की नीति का अनुसरण करने का साहस दिखाए। डॉ. मुखर्जी ने दो प्रधान, दो निशान और दो विधान का विरोध किया था। आज दो प्रधान तो नहीं हैं, लेकिन आर्टिकल 370 के रूप में दो विधान और कश्मीर के अलग ध्वज के रूप में दो निशान मौजूद हैं। इस दो निशान और दो विधान को समाप्त करना ही कश्मीर समस्या का समाधान है। ये सही कदम है। अगर इस रास्ते में कोई आएगा तो हम सब सबक सिखाएंगे।

उस आदमी को रोकते हुए गौरी ने कहा। अजीब बात कर रहे हैं। तुम्हारी तरह मैंने भी कश्मीर को देखा है। जब मैं वहां थी तो अलगाववादियों और हमारे सैनिकों के बीच अकसर धमाका होता रहता। दोनों तरफ से वहां की आवाम ही मारी जाती। ऐसे धमाके कि मजबूत से मजबूत इमारतें उड़ जाती। कश्मीर को कोई ठीक होने देना नहीं चाहता। फिर उनकी राजनीति का क्या होगा। ये वही कश्मीर है जिसे जब दो देशों के बीच चुनने का मौका मिला तो उसने हिंदुस्तान को चुना। आज उस कश्मीर पर भरोसा क्यों नहीं। क्या आपको इल्म है कितने लोग जेलों में बंद हैं।

उस आदमी ने छूटते ही कहा— अगर हमारी फौज और हमारी हुकूमत ने पाकिस्तान को सबक नहीं सिखाया होता तो हमारे कश्मीर को हमसे जुदा कर देते। फिर वह गौरी की तरफ घूमा— आज आप बच गईं। अगर यही

होता रहा तो इस शहर में आपका बचना मुश्किल है। गौरी ने कहा आप हमें धमकी नहीं दें। हमारी कलम ने डरना नहीं सिखा है।

भूलना मत तुम पर हमारी नज़र है। रही बात कश्मीरियों की तो हमें अपनी फौज पर भरोसा है। वे उन्हें उनकी औकात में रखना जानते हैं। यह कहते हुए वह तीर-सा निकल गया। हॉल में कुछ देर के लिए सन्नाटा छा गया। गौरी मां के साथ घर लौट आई। मां आज के हंगामे से फिक्रमंद थी गौरी को लेकर।

गौरी क्या तुम कुछ दिनों के लिए अपनी दीदी के पास जा सकती हो?

क्यों मां?

बस यूं ही अभी यहां का महौल ठीक नहीं है।

गौरी ने प्यार से मां को देखा।

बाहर चांद निकल आया था। दूधिया चांदनी उसके आस पास फैली थी। उसके पीछे शहर था। कुसुम के मन में अजीब सी चिंता छा गई। फ़िक्र नहीं करो मां कुछ नहीं होगा। उसने बेटी के माथे को प्यार से सहलाया। गौरी सो जाओ अब! हां मां।

गौरी अपने कमरे में आकर मेज पर पड़ी पुराने नोट्स को देखने लगी। उसकी स्मृतियों में अभी तक सब कुछ ताज़ा है। उसने याद करने की कोशिश की कि क्या हुआ था 5 अगस्त, 2019 को? लोग निहत्थे खड़े थे। रातोरात फैसला लाद दिया गया था। सैलानियों को वापस भेज दिया गया था। चप्पे-चप्पे पर फौज तैनात थी। लोग निहत्थे खड़े थे। फासीवाद मुर्दाबाद के नारे से पूरी घाटी गूंज उठी। जवानों ने गोलियां चलाईं। जैसे ही गोलियों की आवाज हवा में गूंजी, थर्राहट की तेज लहर फिजा में पसर गई। बारूद की तेज़ गंध असह्य हो उठी। सभी लोग दम साधे खामोश खड़े रहे। जैसा दुःख स्वप्न में होता है। अचानक उसे प्रशांत की आवाज सुनाई पड़ी। वह बहुत से लोगों के साथ निहत्था खड़ा था। फासीवाद मुर्दाबाद के तेज़ नारे उसे सुनाई पड़े और प्रशांत को उसने गिरते हुए देखा। गोली उसकी पेशानी में लगी थी। वह समझ नहीं पाई। हवा में चारों ओर सनसनाती हुई गोलियों के बीच प्रशांत की देह खून से लथ-पत पड़ी थी। अस्पताल ले जाने के क्रम में वह दम तोड़ चुका था।

प्रशांत की आंखें कितनी सुंदर थीं। शांत, निर्भीक। मानो उसको इल्म हो कि उसका यह खामोश जुलूस समय के अंत तक चलता रहेगा। ताज़ा गिरी हुई मुलायम बर्फ जमी हुई बर्फ से मिलकर मानो रेशम का जालीदार पर्दा बन गई थी। बर्फ से ढंकी आखरी छतें और टूटी-फूटी चिमनियों से उठते धुएं की पतली, थरथराती लकीरों को देखते हुए वह रोने लगी थी। प्रशांत ने कहा था, इस वसंत में हम दोनों शादी कर लेंगे। बर्फ के फाहे अब आहिस्ते-आहिस्ते गिर रहे थे।

उसने खिड़की से बाहर देखा। बाहर बसंत के शीतल आकाश की आभा फैली थी। कमरे के अंदर एक शब्द की प्रतिध्वनि अभी तक गूंज रही थी—गौरी इस बसंत में हम साथ होंगे। उसकी आंखों से आंसू झर रहे थे। उसे लगा हजारों लोगों की कब्र से उठने वाली लाल रौशनी, आपस में जूझती हुई मशाल में तब्दील हो गई है।

# एक बगल में चांद होगा और होंगी रोटियां

आसमान में बादल नहीं हैं। लू के नुकीले नाखूनों ने उसके पुरसुकून चेहरे को नोच कर लहूलुहान कर दिया। उसने गहरी सांस लेकर पीठ पर पड़े बोझ को एक तरफ खिसकाने की कोशिश की। उसी लम्हा उसे महसूस हुआ कि उसके साथ चलने वाले लोग पीछे छूट गए हैं। उसने एड़ियों के बल उचककर चारों तरफ नजर दौड़ाई वे कहीं नजर नहीं आए। भूख से उसकी अतड़ी पिघलने लगी थी। उसका बस चलता तो अपनी ही अतड़ियों को भून कर खा लेता। हलक सूख रहा था। पानी की बोतल निकाल कर उसने अंतिम घूंट पीया। अपने आस पास नजर दौड़ाई, कहीं कोई नल नहीं था। उसे चक्कर आने लगा। पिछले सात दिनों से लगातार चल रहा था। चलते वक्त पड़ोस की कुलसुम ने उसे रोटी और सूखे आलू की सब्जी थमाई थी। उसे थमाते हुए कहा था भाईजान हालात ठीक हों जाएं तो लौट आना। देर सबेर फैक्ट्री खुल जाएगी। उसने भरी आंखों से कुलसुम को देखा। परदेस कहां रह गया था ये शहर। गुजरात उसकी रगों में दौडता था। पिछले 15 सालों से रह रहा था यहां। अपने गांव से ज्यादा वह इस शहर का हो गया था।

गुजरात से चलता हुआ नासिक पहुंचा था। नासिक और मुंबई के बीच की दूरी करीब 180 किलोमीटर है। इस बीच में दो घाट पड़ते हैं। नासिक से चलते हुए पहले वह कदवा नदी के पास रुका था। कदवा नदी के पास

कुंभ सा नजारा था। हजारों की संख्या में मजदूर वहां सुस्ता रहे थे। वह वहां से जल्दी निकल गया। जैसे उसे घर की मिट्टी बुला रही हो। हवा बहुत गर्म थी। उसमें पेट्रोल और मिट्टी की महक घुली थी। उसे अपने गांव के मुहाने पर पेट्रोल पंप की याद आ गई। पहली बार गांव में बाबू मदन सिंह का पेट्रोल पंप खुला था। जब से उसके गांव की सड़क एन एच राष्ट्रीय मार्ग से जुड़ा गांव को शहरों की हवा लगने लगी थी। मदन बाबू का लड़का गुजरात में बिजनेस करता था। अपने साथ गांव के कई लोगों को काम के लिए ले गया था। एकदिन उसे भी लेता गया था।

उसकी आंखों के सामने गांव का पूरा मंजर घूम गया। वह अपने बचपन की तरफ लौटना चाहता था। उन परी कथा के अंदर जहां अकसर कोई नेक दिल परी सारी मुसिबतें दूर कर देती थी। उसकी आंखें थकान के मारे बंद हो रही थीं। भूख दम तोड रहा था। उसे लगा धरती से भी ज्यादा गर्म उसकी देह हो रही है। आंखें लाल हो गई थी। अब एक कदम भी चलना मुमकिन नहीं था। उसने साइकिल खड़ी की और एक पेड़ की ओट में लेट गया। उसकी आंखों में नींद और थकान उतर आई। उसे अपना घर, खलिहान, ओसारा, आम का बगीचा याद आया। भोर के तारे सुबह के आकाश में खो गए थे। सामने खेत की फसल लहलहा रही थी। सुबह की पारदर्शी नीरवता में हल्की आवाज सुनाई दे रही थी। वह खेत की मेड पर चल रहा था नंगे पांव। सुबह की ओस से भीगी फसलों पर बूंदें चमक रही थीं। दलदली घासों और ठहरे पानी की परिचित गंध उसके भीतर उतर गई। अचानक से दृश्य बदल गया।

उसने देखा अम्मा आंगन में बैठी है। बहन रसोई में है। चांद चमक रहा है और पाले के दुकडे की भांति हल्की सी आभा दिख रही है। बाबू कहते थे की पहले उसके गांव को हसनपुर बालू धीमा के नाम से जाना जाता था। अब रानीगंज के नाम से लोग जानते हैं। 289 एकड़ में फैला विशाल जंगल ही उस गांव की खास बात थी। उसे सर्दियों का मौसम बहुत पसंद था। अक्सर वह भागकर जंगलों की ओर जाता था। दूब पर तैरता कोहरा दरख्तों पर गहरी धुंध, फूलों पर जमी बूंदें, पहाड़ी मैनाएं, लाल चोंच वाला गुल सेहरा, नीले रंग

के नूरपोश। बाबू कभी साथ होते तो प्यार से कहते देखो नूरपोश तुम्हें सलाम करने आए हैं। उसे अपने बाबू की जुबान पर हैरानी होती। बाबू बोलते तो शहद टपकता। कई बार उसके दोस्त उसे चिढ़ाते तुम्हारे बाबा मुसलमान हैं। वह बाबू से पुछता बाबू तुमको लोग मुसलमान क्यों कहते हैं। बाबू हंसते। उनकी आंखें पनीली हो जातीं। जैसे कोई राज दफन हो आंखों में।

जब ठंडी हवा चलती जंगल में सियार बोलते। मैया बहुत डांटती। किसी दिन तुमको सियार उठा लेगा। घर के काम में हाथ बटाओ ननकू। बाडे में भैंसें डकार रही हैं उसको दाना पानी दो। मैया मुंह अंधेरे उठती थी। गांव में औरतें मर्द सभी सुबह ही उठ जाते हैं। मैया सूर्य नमस्कार के बाद पीपल के पेड़ के नीचे पूजा करती। एक दिन सुबह-सुबह उसकी आंखें खुल गईं। किसी के रोने की आवाज आ रही थी। वह धीरे से आवाज कर पीछा करते हुए गया। बाबू गोहाल में रो रहे थे। मैया बाबू की पीठ सहला रही थी। मत रोएं! हमें वहां जाना चाहिए। अम्मा की कब्र पर चादर डाल कर आते हैं। ननकू को बहुत हैरानी हुई। माई अम्मा किसे कह रही हैं? किसकी कब्र की बात कर रही है? तो क्या बाबा मुसलमान हैं? और अम्मा? उसका माथा भन्ना गया। उस अबूझ पहेली को वहीं छोड़ वह बाहर खेलने भाग गया था। जमीन तवे की तरह तप रही थी। वह नीम बेहोशी में था। उसने जोर देकर गुजरते लम्हों की डोर पकड़ने की कोशिश की। उसे अपने गांव के कब्रिस्तान की याद आई। बाबू उसे लेकर गए थे। कब्र पर सर झुकाए देर तक रोते रहे थे। उसे हिम्मत नहीं हुई बाबू से कुछ पुछने की। बावू ने ही धीरे से कहा तुम्हारी दादी यहां सो रही है। उन्हें सलाम करो। वह हैरान रह गया। दादी कहां थी अब तक? बाबू ने कभी तो नहीं बताया। तो क्या सच में बाबू मुसलमान हैं?

दलदली घासें, जो पहले ओस के कारण रुपहली लग रही थीं, अब सुनहरी हो गई थीं। दलदली पक्षी झाड़ियों में फुदक रहे थे। उसे नींद में ही लगा कोई पुकार रहा है। उसने हिम्मत कर आंखें खोलीं। पूरा बदन टूट रहा था। हे हो कतेय सुतबह। चलू नय। उसने आंखें खोली। कई साथी उसे उठा रहे थे। उसने साइकिल उठाई और मजदूरों के झुंड के साथ चल पड़ा। अब चांद

निकल आया था। तारीक घने दरख्तों में खडी बड़ी-बड़ी इमारतें चमकने लगी।

जिस दिन वह गांव छोड़ रहा था बाबू ने कहा था अपनी जड़ों को मत छोड़ो। जड़ें चैन से नहीं रहने देतीं। वह हंसा था। बापू अब इस गांव में बचा ही क्या है। जो जमीन थी वह भी मुनिया के ब्याह में बेचनी पड़ी। एक धुर जमीन पर सारे दिन खटते हो फिर भी सबका पेट नहीं भर पाते। बाबू शहर जाएंगे तो दो पैसा कमाकर ही लाएंगे। शहर आकर हैरान रह गया था। यहां तो रात जागती है और दिन सोता नहीं है। मदन सिंह के बेटे ने कपड़े के एक मील में काम लगा दिया था। उसकी तरह कई मजदूर काम करते थे और कई पाली में। गांव से निकले कितने दिन हो गए थे। हर साल सोचता था अबकी बार पैसा बचाकर गांव जाएंगे। कुछ जमीन खरीद लेंगे और वहीं खेती करेंगे। लौटेंगे नहीं। साल बीतता जा रहा था और पैसे बचते ही नहीं। किसी तरह अपना पेट पालते हुए बाबू को कुछ पैसा भेज देता था। उसे याद है कैसे एक फैसले ने करोड़ों लोगों की जिंदगी एक झटके में बदल दी। हजारों मजदूर रातोरात सड़क पर आ गए। 24 मार्च का दिन उन सबके लिए आफत लेकर आएगा उसे कहां पता था।

24 मार्च को फैक्ट्री बंद कर वह घर की तरफ जाने वाली अंतिम बस के इंतजार में खड़ा था। आम दिनों में इतनी रात को बड़ी दुकानें बंद हो जाती हैं पर दुकानों पर लाइन लगी हुई थी। लोग बदहवास लग रहे थे। परचून की दुकानें खुली थी और लंबी कतारें लगी थीं। अंदर जो हो रहा था उस तक उसकी जानकारी दीवारों का भेदकर कुछ इस तरह पहुंची कि वह लड़खड़ा गया। क्या आज 12 बजे रात से देश में लॉक डाउन हो गया। उसने देखा डरी हुई जर्द चेहरे वाली एक औरत ने जल्दी से अनाज खरीदे और तेज कदमों से निकल गई।

उसे पहली बार डर लगा। पहली बार लगा ये शहर अपना नहीं है। उसने अपनी जेब में हाथ डाला कुल जमा पूंजी 100 रुपए। महीना का अंतिम है। मील भी बंद हो गया। अगले महीने की तनख्वाह भी नहीं मिलेगी लॉक डाउन के चलते। उसने तेजी से सड़क पार की। सड़क के उस पार राशन की दुकान

के पास खड़ा हो गया। एक लंबा लड़का दुकानदार से बहस कर रहा था। तुमने सामान की कीमत बढ़ा दी है। उसने कुछ जरूरी सामान लिये और निकल पड़ा। अब चारों ओर सन्नाटा था। भौंकते हुए कुत्तों से आगे निकलता हुआ वह घर की तरफ मुड़ गया। घर क्या था एक खोली थी। शुरू होते ही खत्म हो जाती थी। सफेद आसमान और लैंप पोस्टों की जर्द सी रौशनी में सब कुछ नहाया हुआ लग रहा था। पुरानी खस्ताहाल इमारतें, जिसकी हर खिड़की से स्टोव की नलियां उगी हुई थीं। पांच सौ साल पुराने पत्थर के पुल और बेजान सी झुग्गियों से उठते हुए धुएं की पतली लकीरें। इन खबरों ने उसे इतना उदास कर दिया कि वह रोने लगा। अपनी गरीबी और बेबसी पर गुस्सा आने लगा। उसके पास कोई रास्ता नहीं था सिवाय इसके कि अपनी जड़ों के पास लौट जाए। पूरी रात उसे नींद नहीं आई। किस तरह घर लौटेगा। उस दमघोंटू गर्मी में उसे बेचैनी होने लगी। उसके भीतर डर पसरने लगा। सुबह परेशान हाल मजदूरों का काफिला निकल पड़ा। उसने महसूस किया उसका गला सूख रहा है। पैर भारी हो गए हैं। अपने होंठों की पपड़ियों पर सूखी जुबान फेरते हुए उसने सोचा आज सबकुछ हारकर वापस जा रहा है।

बाबा की बात याद आने लगी जड़ें बुलाती हैं। उसकी चाल धीमी हो गई थी। आहिस्ता-आहिस्ता पैडल चलाता वह चला जा रहा था। उसे मालूम था बाबा उसका इंतजार कर रहे होंगे। उसकी देह थकान से टूटने लगी थी। उसने साइकिल किनारे की। और पेड़ के किनारे बैठ गया। कई मजदूर सुस्ताने बैठ गए। रात काफी हो गई थी। बाहर काफी अंधेरा था। बंजर बीरान जमीन जैसे मुलायम नर्म रेशम के धागे में तब्दील हो गई। जिंदगी के फरिश्ते के होंठों से हंसी की किरनें फूटीं। मुहब्बत के चेहरे खुले और गायब हो गए। उसने देखा मां आंगन को गोबर और मिट्टी से लीप रही है। बाबू गाय को सानी दे रहे हैं। गाय रंभा रही है। उसने तेज आवाज में कहा मैया हम आ रहे हैं। अचानक उसके हलक में तेज दर्द हुआ। जमीन कांपने लगी। जमीन का सीना खून में डूब गया। खून की धारें जमीन से फूट पड़ीं। एक जोरदार आवाज। ट्रेन पटरियों पर शोर करती हुई निकल गई।

लोगों ने देखा मजदूरों के खून से रेल की पटरियां नहा गई हैं। पटरियों पर रोटियां बिखरी हुई हैं।

पिता ने अपने बेटे को जमीन पर लिटाया। उन्हें लगा बेटे की आंखें स्वप्न से भीगी हैं। उस रात चांद उतर आया था सिराहने। रेशम की चादर बन रेल की पटरियां रुई की फाहे की तरह लरज रही थीं। पिता की आंखों में आज से 73 साल पहले का मंजर पसर आया। इसी तरह अमृतसर से ट्रेनों में लाशें भर-भर कर आई थी गांव।

जब उनकी आंखें खुली थी कैंप की ठंडी जमीन पर खून से लथपत मां की लाश पड़ी थी। उसने अपने चारों तरह मर्दों, औरतों और बच्चों का उफनता हुआ समुंदर देखा था। लोग पागलों की तरह अपनों को तलाश रहे थे इनसानों के समुंदर में। नन्हा गोसाईं अपनी मां के बदन से चिपट कर देर तक रोता रहा। मां उसे इसी नाम से बुलाती थी। उसे होश नहीं है कब लाशों के बीच से दो कोमल हाथों ने उसे उठाया था और अपने सीने से चिपटा लिया था। वही थी उसकी अम्मा नसीमा बेगम। उसके वजूद के रेशे-रेशे में उतर गई थी। उसी ने उसे पाल पोस कर बड़ा किया। आज फिर लाशें दरवाजे पर हैं। पर कोई हाथ नहीं जो उसके बेटे को लौटा दे। वह पागलों की तरह अपने बेटे के बदन से लिपट गए। नहीं! मैं इतिहास दुहराने नहीं दूंगा।

# विप्लवी

दीदी कांप रही है। अखबार के पन्ने हाथ में बेजान से पड़े हैं। मैंने दीदी को थामा और चुपचाप खड़ी रही। उसकी देह हिल रही थी जैसे हजार-हजार समुद्र की लहरें अपना सर पटक रही हों। मौत अख़बार के पन्नों पर सिहर रही थी। दीदी! संभालो खुद को। दीदी के चेहरे पर सदियों पुराने जख्म उभर आए। हम दोनों घर की तरफ चलने लगे-ऊबड़-खाबड़ धरती पर उनकी खामोश छायाएं ढलती हुई धूप में सिमटने लगीं। ...ठहरो! दीदी के होंठ फड़क उठे, तुम्हें कब पता चला? कल रात की खबर है। ओह इतनी भयानक मौत। ये कैसे हुआ? हिंदूवादी संगठनों के नाम आ रहे हैं। कुछ देर तक वह कुछ नहीं बोली, फिर जैसे बांध टूट पड़ा। आंखें बरस पड़ीं। इतने बरसों बाद उसकी खबर मिली भी तो इस तरह!

वर्षों से दिल में दफ़न कोई भूला हुआ सपना झांकता है। गुनगुनी सी हवा, मार्च की पीली धूप, घास के तिनकों पर बिछ गई है...मैं उसे सहारा देकर कमरे में ले आती हूं। ये कितना अजीब है न कोई अपना चला गया और मैं खुलकर शोक भी नहीं मना सकती। दीदी पर जैसे हाल आया था। वह बोल रही थी मैं सुन रही थी। तुम्हें पता है हम पिछली बार कब मिले थे? ... जब नरेंद्र दाभोलकर की हत्या हुई थी। उस घटना ने उसे बुरी तरह हिला दिया था। वहीं से लौटकर मिला था मुझ से। मुझे क्या पता था कि ये हमारी अंतिम

मुलाकात थी। लेकिन शायद उसे कुछ आभास था। चितरंजन पर दो बार हमले हुए थे। जिसमें बाल—बाल बचा था। वह अपनी रौ में बोल रही थी। कभी बोलते—बोलते रुक जाती, कभी अपनी यादों के भीतर हंसती।

पता है, उसने मुझसे पूछा था, क्या हम फिर कभी मिलेंगे?

क्यों ये सवाल क्यों कर रहे हो?

बस यूं ही!

फिर भी बताओ क्यों पूछ रहे हो?

मुझे लगता है, मैं जिसे चाहता हूं उसे खो देता हूं।

मैंने उसकी पीठ पर एक धौल जमाया, बकवास मत करो। वह संजीदा हो गया। तुम्हें पता है मैंने अपनी मां को सिर्फ आठ साल की उम्र में खो दिया। मां के लिए हमेशा रोता रहता था। एक दिन बाबा ने कहा। ...तुम्हारी मां अब आसमान में नज़र आएगी। तुम देखना जो सबसे चमकता तारा होगा वही तुम्हारी मां होगी। मैं अक्सर रात को छत पर तारे निहारा करता। सोचता दुनिया में खोए हुए लोगों को दुबारा पा लेना मुमकिन है क्या? बाबा से पूछा तो उन्होंने कहा तुम्हें पता है वैज्ञानिक क्या करते हैं? अंतरिक्ष में नया नक्षत्र खोजते हैं। तुम भी खोजो मिल जाएगी। अगर हम किसी को बेपनाह मुहब्बत करते हैं तो वे हमारे पास आते हैं! बाबा कह रहे थे और उनकी आंखें भीग रही थीं। मां तो नहीं मिली पर मेरी रातें तारों के साथ गुजरने लगीं। वह हंसा! उसकी हंसी दिल के भीतर धंस जाने वाली थी। उसके चेहरे पर अजीब-सा ख़ालीपन था। उसकी निगाहें मुझ पर ठहर गई। मुझे ऐसे देखने लगा जैसे कोई खोई हुई चीज़ मिल गई हो...अजीब बात है न जो कल तक मेरे पास था आज वह हमारी स्मृतियों का हिस्सा हो गया। दीदी की आवाज बहुत धीमी हो गई। चांद की हल्की रौशनी उसके चेहरे पर गिर रही थी। उसका चेहरा सुलग रहा था।

मैंने उसे वहीं थाम लिया। दीदी बहुत देर हो गई है,अब तुम्हें सोना चाहिए! उसे पलंग पर लिटा दिया। उसके सिराहने बैठ गई। थपकियां देने लगी। मैं चाहती थी दीदी को नींद आ जाए। रात गहरी थी। आसमान तारों

से भर गया, एक हल्का सा आलोक चारों और फैला था। दीदी अब नीद में थी। मैं धीमे से पलंग से उठकर अपने कमरे की ओर मुड़ गई, मुझे अजीब-सा भ्रम हुआ जैसे चितरंजन दादा आसमान में झिलमिलाते तारों के बीच लेटे हों।

अगली सुबह अख़बार के पन्ने रंगे हुए थे। प्रधानमंत्री से लेकर मुख्यमंत्री के बयान थे। पता चला कि उसकी शव यात्रा में पूरा शहर उमड़ आया था। चितरंजन दा से मेरी मुलाकात एक कॉलेज में हुई थी। दीदी वहां पढ़ाती थी। वे वहां रिसर्च के लिए आए थे। दीदी ने मिलवाया था। कनु ये मेरे दोस्त हैं चितरंजन। दीदी के चेहरे पर प्यारी सी मुस्कान थी। पहली ही मुलाकात में मुझे वे बेहद संजीदा किस्म के इनसान लगे थे। गोरा रंग, लंबा कद और ऐनक के पीछे झोंकती खूबसूरत आंखें। उन दिनों वे 'धर्मनिरपेक्ष और कट्टरपंथी वर्गों के अंतर्विरोध' पर काम कर रहे थे। उनके कई आलेख अलग-अलग अखबारों की सुर्खियां बनते थे। उनका आलेख इन दिनों काफी विवाद में था। उन्होंने कट्टरपंथ की जड़ों को तलाशना शुरू किया था और किस तरह वह आतंकवाद में तब्दील होता है उसकी बहुत तर्कपूर्ण व्यख्या की थी। जो सवाल उठाए थे वे समाज से निकलकर सत्ता तक पहुंचते थे।

एक दिन उन्होंने पूछा मेरे साथ चलोगी? कहां दादा? चलो, तुम्हें अख़बार के लिए कुछ खास न्यूज़ देते हैं। जुलाई की एक शाम को जब बेहद गर्मी पड़ रही थी हम दोनों कई गलियों को पार कर एक मकान के पास पहुंचे, जिसके सामने गंदा नाला बह रहा था। दूसरी ओर सड़क थी। इस घर के कई हिस्से किराए पर थे। जिनमें हर तरह के मेहनत-मजदूरी करने वाले लोग रहते थे। दर्जी, ताला बनाने वाला, बावर्ची, कुछ बिहारी मजदूर। हम सीढ़ियों से सबकी नज़रें बचाकर दाहिने तरह वाले दरवाजे में घुस गए। ये पीछे वाली सीढ़ी थी, अंधेरी और संकरी, सामने दरवाज़ा था। हमने घंटी बजायी। घंटी की इतनी कर्कस आवाज थी कि हम लोग चौंक गए। घंटी पुराने तांबे से बनी थी। दरवाज़े में से एक पतली-सी दरार खुली। दरवाज़े के पीछे से दो आंखें दिखीं। अंधेरे में उसकी चमकती हुई आंखों के सिवा कुछ नहीं दिख रहा था। दादा ने कहा,

मैं हूं चितरंजन। कमरा खुला। आप लोग अंदर आएं। उस छोटे से कमरे की दीवारों पर पीला रंग पुता हुआ था। खिड़कियों पर मलमल के परदे लगे हुए थे। फर्नीचर काफी पुराना था। कमरे में सोफा था। सोफे के सामने अंडाकार मेज़ थी। हर चीज़ बहुत साफ–सुधरी। वह लंबे कद और छरहरे बदन का नौजवान है। काले और घुंघराले बाल। गालों पर तमतमाहट की लाली। पेशानी पर लाल रंग का टीका चमक रहा था। वह दोनों हाथों से अपना सीना दबाए उस कमरे के एक सिरे से दूसरे सिरे तक टहल रहा था। उसके होंठ सूखे थे और उसकी सांस उखड़ी-उखड़ी चल रही थी। उसकी आंखें ऐसे चमक रही थीं जैसे बुखार में चमकती हैं। उसने बहुत कठोरता से हम दोनों को देखा— तो आप क्या जानना चाहते हैं? फिर बिना सवाल सुने बोलने लगा। मैंने ये खून इसलिए नहीं किया कि मैं अपने परिवार की मदद करूं- ये बकवास है! मैंने यह खून इसलिए नहीं किया दौलत और ताकत हासिल करना चाहता था। मैंने बस कर दिया क्योंकि इसके पीछे विचार था। कुछ लोग हमारे धर्म के लिए खतरा है। वे जेहादी हैं। ज्यादा बच्चे पैदा कर हमारे मुल्क पर कब्ज़ा करना चाहते हैं। वे हिंदू धर्म के लिए खतरनाक हैं। क्या मुझे उस तरह के कीड़ों का खून करने का अधिकार नहीं है? ये बोलते हुए वह हांफ रहा था। उसने मुझे सख्त नज़रों से देखा और बोलने लगा।

वे हमारे देश को नष्ट कर रहे हैं। हमारी लड़कियां उनकी मुहब्बत में गिरफ्तार हो रही हैं। वे हमारी नस्ल को बर्बाद कर रहे हैं। मेरा चेहरा तमतमा उठा। मैंने उन्हें रोकते हुए कहा। ...आप ये किस तरह कह सकते हैं? बीच में मत बोलें। मुझे ये पसंद नहीं। मैं जानता हूं आप जैसी लड़कियों को ही वे लोग टारगेट करते हैं। वे अपनी लडकियों पर पाबंदी रखते हैं और हमारी लड़कियों को प्रेम के जाल में फंसा कर धर्म परिवर्तन करते हैं। वह मेरी तरफ देखते हुए गहरी घृणा और तिरस्कार से मुस्कुराया और अपनी दोनों कुहनियां घुटनों पर टिकाकर उसने अपना सर दोनों हाथों से जकड लिया। तुम कितना दु:ख झेल रहे हो, दादा ने कहा। वह जोर से हंसा दु:ख। हां ये सब अच्छे दिनों के खातिर! क्या आप ये समझते हैं कि मैंने ये सब कुछ बिना सोचे-समझे किया

है? अरे नहीं, मैंने बड़ी चालाकी से ये सब कुछ किया। पूरी योजना के साथ।

मैंने उसका खून किया जब वह सजदे में था। एक ही वार में काम तमाम कर दिया। हाहाहा...उसके अल्लाह भी उसे नहीं बचा पाए। आप मेरी खबर छापें ताकि फिर कोई मुसलमान अपना सर इस मुल्क में उठा कर नहीं चल सके। उसके होंठ तिरस्कार भरी मुस्कराहट से खुल गए। वे मुझे पकड़ नहीं पाएंगे, उनके पास कोई भी पक्का सबूत नहीं है। मेरे लोग सारे इल्जामों से मुझे बरी करा लेंगे। बहुत होगा तो वे कुछ दिन जेल में डालेंगे। फिर उन्हें मुझे छोड़ना पड़ेगा। उनके पास मेरे खिलाफ कोई ठोस सबूत नहीं है। मुझे उम्मीद है आप इसे ठीक से छापेंगे। यह सब कुछ मैंने इसलिए बताया ताकि लोग हमारी 'नवयुवक सेना' को जानें। इस देश में अगर मुसलमानों को रहना है तो उन्हें हमारे रहमो-करम पर ही रहना होगा। यह कह कर उसने हाथ जोड़ दिए। उम्मीद है, इस बातचीत से आप समझ गए होंगे कि हम क्या चाहते हैं। दादा उठ खड़े हुए। उसने फिर कहा आपको मेरी ताकीद याद है ना! दादा रुक गए। ...आपने अपना काम कर लिया अब मुझे अपना काम करने दें। हम क्या छापेंगे ये आप मुझ पर छोड़ दें। मेरी कलम ने कभी डरना नहीं सीखा। उसने हिकारत से देखा। ठहरिए जनाब अभी आपने डर को महसूस नहीं किया है। मैं आपके भले के लिए कह रहा हूं। आपका नाम चितरंजन नहीं होता तो हमारी ये मुलाकात नहीं होती। दादा हंसे! शुक्रिया आपका, मेरा नाम चितरंजन है इसमें मेरी कोई भूमिका नहीं है। ये नाम कुछ भी हो सकता था मसलन हामिद, तेग बहादुर सिंह या सुरेश विलियम। ये कहकर मेरा हाथ पकड़ दादा तेजी से निकल गए।

मैं सकते में थी। दादा ने मेरे गाल पर चपत लगाते हुए कहा, कनु डर गई क्या? अरे बाबा ये सब प्रोफेशनल हजार्ड है। 'ओह!' दादा तुम ये सब मत करो। मुझे तुम्हारे लिए डर लगता है। तुम इतना डरती किस बात से हो? कुछ नहीं होगा। ये हमारा काम है। इसे हम लोग नहीं करेंगे तो कौन करेगा? हम दोनों सड़क पर थे। रात हो चुकी थी। पर मुंबई में तो रात सोती नहीं। हम ट्रेन में बैठ चुके। खिड़की की बगल वाली सीट पर एक नौजवान बैठा था।

ट्रेन से बाहर देखो तो हर चीज़ तेज रफ़्तार में भागती दिखती है। सड़कों के किनारे बड़ी-बड़ी दुकानें। खंडरनुमा कुछ मकान, दूर तक फैली मलिन बस्ती। ये बस्तियां हमेशा याद दिलाती रहती हैं कि मुंबई के इस वैभव के पीछे हजारों कामगार मजदूरों का श्रम है। दादा खिड़की के बाहर देख रहे थे। सपने में चुपचाप बहते हुए। मैंने मज़ा लिया दीदी को याद कर रहे हो। आज तो तुम्हारी जमकर खबर लेगी। वह हंसने लगा। मीनाक्षी का डांटना अच्छा लगता है। हम स्टेशन से घर के लिए निकल पड़े। स्टेशन से घर दूर नहीं है इसलिए हम दोनों पैदल निकल पड़े। सड़कें खाली थीं। फुटपाथ वीरान। पैदल चलते हुए दीवारों की इबारतें पढ़ने का अपना मज़ा है। चुनावी पोस्टर, जगह-जगह शिव सेना के इश्तहार। एक नीम खाली चायखाने पर कुछ नौजवान मजमा लगाए थे। कुछ पुरानी सुंदर इमारतें। इमारतों की खिड़कियां लंबी और संकरी थीं। एक सौ साल पुरानी मेहराब इतनी ऊंची थी की उसे सर को उठा कर देखना पड़ा। हम घर पहुंचे दो दीदी सो चुकी थी।

चिरंजन दा अपना अख़बार निकालते थे। 'भोर टाइम्स' समाचार पत्र मेरे हाथों में है और नवयुवक सेना के साथ हुई बातचीत का पूरा संवाद। ... इस खबर ने देश में तहलका मचा दिया। नवयुवक सेना के लोग अख़बार के दफ्तर में आकर खूब तोड़-फोड़ कर गए। दादा को धमकाया। पुलिस आई। उन्होंने दादा से पूछा। ...क्या आप पुलिस सुरक्षा चाहते हैं? क्या ये मेरे लिए ज़रूरी है? मैं पत्रकार हूं कहां-कहां सुरक्षा देंगे आप? देखिए आपने जिन लोगों पर प्राथमिकी दर्ज की हमने उन्हें गिरफ्तार कर लिया है। फिर भी आपको सचेत रहना चाहिए कहीं कुछ ऐसा-बैसा न हो जाए। दादा हंसे। ...जो असली गुनहगार हैं, वे अभी बचे हुए हैं।

शाम को दादा घर आए। दीदी बहुत परेशान थी। दोनों एक-दूसरे के बगल में बैठे बहुत उदास लग रहे थे। जैसे तूफान के बाद डूबे हुए जहाज के यात्री निर्जन तट पर आ लगे हों। चित्तो तुम यह सब छोड़ दो। पहले भी तुम पर हमला हो चुका है। अख़बार निकालना क्या ज़रूरी है? दीदी ने घबराई आवाज़ में कहा। ये तुम कह रही हो मीनाक्षी! तुमने ही तो जोर देकर अख़बार

निकालने को कहा था। याद है तुमने कहा था अपना अख़बार होता तो हम उन लोगों की आवाज़ बन पाते जिनकी बातें नहीं आ पाती हैं। दीदी की आंखों में प्यार उमड़ आया। उनके चेहरे को देखने लगी। दादा के चेहरे पर उजली–सी हंसी चमक रही थी। दरवाजे पर घंटी बजी। कनु देखो कौन है। मामा आएं हैं दीदी। मामा को देखते दादा उठ गए। प्रणाम मामा। चित्तो मोशाय कैसे हैं? ठीक हूं मामा। भाई क्या करते रहते हैं आप? आज वे लोग दफ्तर पर हमला किए, कल आप पर हमला हो सकता है। आपकी खबर के बाद उसे गिरफ़्तार किया गया है। उसने अपना अपराध स्वीकार कर लिया है। उसके लोग उसे शहीद बनाने पर तुले हैं। मामा के चेहरे पर चिंता झलक रही थी। देखो, मैं मानता हूं कि सच के साथ खड़ा होना चाहिए। पर समय बुरा है। कल उसकी पेशी है, देखो क्या होता है।

मुकदमे के दौरान उसे कोई खास परेशानी नहीं हुई। अपराधी अपने बयान पर अटल रहा था। कोर्ट में जब उससे जिरह की गई तो उसने साफ कहा, 'इसे अपराध नहीं मानता हूं मैं...' उन्माद से वशीभूत होकर उसने कहा, 'मैंने उस आदमी का सफाया किया। मुझे कोई अफ़सोस नहीं है। एक ऐसी कौम के सफाया जिससे हमारे महान हिंदू धर्म को खतरा हो। मैं हिंदू हूं। हिंदू कोई दल नहीं है। हिंदू एक जाति है। हिंदू धर्म मूढ़ को भी मानता है। ज्ञानी को भी मानता है। उसमें सभी दल समाहित हैं। पर इस्लाम सिर्फ एक परमात्मा पर यकीन करता है और खुद को सर्वश्रेष्ठ कहता है। वे बाहरी लोग हैं और हमारे धर्म पर कब्ज़ा करना चाहते हैं। इस देश में उन्हें रहना है तो हिंदू धर्म की श्रेष्ठता को स्वीकार करना होगा।' उसने अदालत को बताया कि उसने कब और कैसे हत्या की। उसने उस पूरी बातचीत का ब्योरा दिया और बताया कि किस तरह हत्या की। उसने साफ-साफ कहा कि उसने जो कुछ किया उसका कोई मलाल नहीं है। लंबी जिरह के बाद हत्या के आरोप में उसे सात साल की सजा हुई।

फैसला आ गया। उस दौरान कोर्ट परिसर में काफी भीड़ थी। फैसले के खिलाफ नारेबाजी शुरू हो गई। कोर्ट से बाहर मैं और दादा पैदल ही निकल पड़े। मुझे तुरत खबर देनी थी अख़बार को। गर्मी काफी थी। रास्ते में फल

मंडी से गुजरते हुए काजिम स्पेयर पार्ट्स एंड हार्डवेयर की दुकान के आगे भीड़ लगी थी। लोग जल्दी-जल्दी दुकानें बंद कर रहे थे। उत्तेजित बेरोजगार नौजवान चायखानों पर जमे थे। चाय की दुकान से आगे विशाल शो केस में महिलाओं के कपड़े में सजी औरतों के पुतले खड़े थे। इस आड़े-तिरछे रास्ते से शहर पार करने में हमें 15 मिनट लगे। तब तक शहर में हंगामा शुरू था। क्या मैं तुम्हें ऑफिस तक छोड़ दूं? नहीं, दादा हम चले जाएंगे, तुम जाओ, मुलाकात होती है।

चितरंजन मुंबई के झुग्गी से होता हुआ आगे मुख्य मार्ग पर आ गया। हजार साल पुराना विशालकाय गिरजाघर,सामने झुग्गियों से उठते धुएं की पतली लकीर। सामने बहता हुआ नाला, इन सारे दृश्यों से खामोश गुजरते हुए वह बहुत उदास था। अचानक उसे महसूस हुआ कोई उसके पीछे है। पर अंधेरे में कुछ नज़र नहीं आया। उसे लगा शायद भ्रम हुआ है। तब तक उसे कुछ लोगों ने दबोच लिया। ये सब इतना अचानक हुआ की उसे कुछ सोचने का वक़्त नहीं मिला। अब वह कार में था और अपनी पीठ पर बंदूक की नोक महसूस कर रहा था। उसकी नसों में डर पसरने लगा। फिर भी साहस बटोर कर पूछा। आप लोग कौन हैं? मुझे कहां ले जा रहे हैं? चेहरे पर नकाब लगाए उसके बगल में बैठे आदमी ने कहा पत्रकार महोदय चुपचाप बैठें। आपके सारे सवालों का जवाब दिया जाएगा। उसके लहजे में किसी घबराए हुए व्यक्ति की उत्तेजना थी। उसे आभास हो गया की ये लोग पेशेवर हत्यारे नहीं हैं। अंधेरी सुरंगनुमा जगह से गुजरते हुए एक जर्जर इमारत के पास गाड़ी रुकी। उन लोगों ने उसे दबोचते हुए एक कमरे में धकेल दिया। कमरे में अंधेरा था। इतना अंधेरा कि फर्नीचर की आकृतियां बमुश्किल से दिखाई दे रही थीं। एक टूटी कुर्सी और पुरानी मेज़ पड़ी थी। बगल में एक पुराना पलंग था और उससे सटे बेत की कुर्सी। वह कुर्सी पर पड़े ऊंघने लगा।

लगभग आधे घंटे बाद बाहर गलियारे से किसी के क़दमों की आहट सुनाई पड़ी। वह सतर्क हो गया। नाटे कद का एक आदमी अंदर दाखिल हुआ। वह सफ़ेद शर्ट और काले रंग की पतलून पहना था। उसके कंधे झुके हुए थे

और तेल से चिपके बाल के ऊपर पीले रंग की टोपी थी जिसपर लिखा था 'गर्व से कहो हम हिंदू हैं'। चेहरे से उसकी उम्र 35-40 के बीच लगती थी। उसकी छोटी–छोटी आंखें चर्बी की तहों में खोकर रह गई थीं। अचानक उसे कमजोरी महसूस होने लगी। उसकी पीठ में ऊपर से नीचे तक सिहरन दौड़ गई। उस आदमी ने उसकी तरफ देखा।

उसके होंठ पर विजय की नफरत भरी मुस्कराहट थी।

तो तुम नास्तिक हो? और मुसलमानों के लिए काम करते हो। तुम्हें इस काम के लिए कितने पैसे मिलते हैं? देखिए आपको ग़लतफ़हमी हुई है। मैं पत्रकार हूं!

वह हंसा!

तुम्हारी पत्रकारिता हिंदुओं के खिलाफ काम करती है?

पत्रकारों का जो काम है मैं वह करता हूं। हिंदू और मुसलमान बनकर नहीं लिखता।

तुम हिंदू होकर हिंदुओं के खिलाफ लिखते हो। तुमने जो लिखा उसके कारण आज हमारा साथी जेल की सलाखों के पीछे है। फिर भी हम तुमको इस शर्त पर छोड़ देंगे अगर तुम हमारे लिए लिखना शुरू करो।

अब तक चितरंजन संभल चुका था। उसने बहुत साफ और सधी हुई आवाज में कहा।

मैं पत्रकारिता करता हूं, दलाली नहीं। आप मुझसे कुछ और नहीं करा सकते।

पत्रकारिता के नाम पर तुम हिंदू धर्म की आलोचना करते हो।

नहीं, मैं धर्म की नहीं, धर्म के नाम पर किसी कौम के साथ नफरत करने के खिलाफ लिखता हूं। चाहे वह कोई धर्म रहे, मैंने इस्लाम के नाम पर की जा रही दहशतगर्दी के खिलाफ लिखा!

तब तो तुम दोनों धर्म के खिलाफ हो।

देखिए इस तरह की बहस से कोई फायदा नहीं।

नहीं, तुम बताओ कौन धर्म श्रेष्ठ है?

देखिए मैं धर्म की श्रेष्ठता पर यकीन नहीं करता, धर्म का काम है दुखी दिलों पर मरहम लगाना। जो धर्म ये काम नहीं करता और इनसानों के बीच नफरत फैलता है, उस धर्म से मेरा कोई नाता नहीं! चितरंजन ने उसकी आंखों में आंख डाल कर कहा।

एक विचित्र मुस्कुराहट उसके चेहरे पर आई। उसने अपनी छोटी-छोटी आंखों को सिकोड़ते हुए कहा। देखो मुझे अपने आप पर काबू रखना अच्छी तरह आता है पर एक बार गुस्सा फटा तो मेरी पिस्तौल उन लोगों की खबर लेती है जो हमारा कहा नहीं मानते।

देखिए मेरा काम लिखना है और मैं ये ईमानदारी से करता हूं।

तुम अगर ये लिख कर दो कि तुमने हमारे साथी के बारे में जो लिखा और तथ्य दिए वे पाकिस्तान की ख़ुफ़िया एजेंसी के दबाव में दिए तो हम लोग तुम्हें छोड़ देंगे।

ये नहीं हो सकता! और अगर तुम्हारा खयाल है कि मुझे मार कर तुम लोग बच जाओगे तो ये ग़लतफ़हमी है।

तो फिर तैयार हो जाओ, अपने आखिरी समय में भगवान को याद कर लो!

चितरंजन के चेहरे पर हल्की सी मुस्कान आई।

उसने गहरी आंखों से उसे देखा

इतनी निर्भीक आंखें!

उसने नफरत से देखा—एक फुत्कारती-सी सांस। उसने सख्त हाथों से पिस्टल पकड़ा।

एक गोली चलने की आवाज आई।

दो गोली चलने की आवाज।

अगली सुबह लोगों ने देखा चितरंजन की लाश मुंबई की मुख्य सड़क पर पड़ी थी। उसकी आंखें हल्की खुली थीं और चेहरे पर नीरव शांति।

नील विस्तीर्ण आकाश के आलोक मंडल में चमकता हुआ सूरज डूब रहा था।

# बेवफ़ा

लकड़ियां धू-धू कर जल रही थीं। पुरोहित ने घी का पूरा डब्बा लकड़ियों पर उड़ेल दिया। आग की लपटें एक साथ ऊपर लपकने लगी। फिर बुझ गई। राख गर्म थी, लाल चिंगारियां कभी-कभी सुलग जाती थीं। मैंने आंखें उठाकर देखा, वह खोई-सी नीचे कुछ देख रही थी। बुझी हुई आग में झुलसी हुई अस्थियों को इस तरह सहला रही थी जैसे वह जीवित हाथ के स्पर्श हों। मैंने उसके कंधे पर हाथ रखा! ...वह कुछ नहीं बोली जैसे भीतर उठते बवंडर को बाहर आने से रोक रही हो। मैंने उसका चेहरा अपने हाथों में लिया, वह फफक के रोने लगी। ... उमा संभालो खुद को। तुम्हें अपनी बच्ची के लिए जीना है। आंसुओं से तर-ब-तर, उसके चेहरे को हमने पोंछा और उसे धीरे-धीरे उसे थपथपाने लगी। दुख से उसका चेहरा म्लान हो गया था। मैंने उसे सहारा देकर गाड़ी में बिठाया। चिलचिलाती धूप के शोले पनाहगाहों में छुप गए थे। पीपल का बूढ़ा पेड़ चुपचाप धूप में खड़ा झुलस रहा था। जब हम लोग घर पहुंचे शाम हो गई थी। मैंने उमा को उसके कमरे तक छोड़ा।

उमा बिस्तर पर निढ़ाल हो गई। उसकी दुनिया उजड़ गई थी। जिसके लिए सबको छोड़ा, वही उसे छोड़ कर निकल गया। उसकी बच्ची लगातार रो रही थी। उसने उसे सीने से लगाया और धीरे-धीरे थपथपाने लगी। बच्ची सो गई। उसे पालने में लिटाया और बाथरूम जाकर मुंह-हाथ धोए। उसे लगा

जैसे बदन लहू से खाली हो गया हो। कांपते हाथों से कंघी की और आईने में अपना चेहरा देखा। बाहर गहरा अंधेरा था। वह ताजा हवा में सांस लेने बाहर आ गई। जिंदगी के सारे पन्ने फड़फड़ाने लगे। अब तक वह उन तमाम चीजों को अपने ज़हन में महफूज़ रख रही थी। पर पिछले सात दिनों में इतना कुछ घट गया उसकी जिंदगी में कि उसे अपने पति का शोक मनाने का भी मौका नहीं मिला। जिस प्यार और भरोसे के साथ जिंदगी के साल गुज़रे, अचानक सब भरभरा कर गिर गया। तो क्या सच में ओंकार ने उसे चाहा नहीं। जिंदगी की डोर टूटी भी तो कहां किस मोड़ पर। उसे इक़बाल की नज़्म याद आई...

'मेरे मिटने का तमाशा देखने की चीज़ थी।
क्या बताऊं मेरा उनका सामना क्यूंकर हुआ।'

बाहर निकलकर वह बरामदे में आ गई। सुर्ख अंधेरा गहरा गया था। बल्ब की पीली रौशनी के धब्बे दीवारों पर शक्ल बना रहे थे। वे सारी शक्ल जलते-बुझते अंधेरों के साथ उसे घूर रहे थे, चिढ़ा रहे थे, तंज कस रहे थे। वे पास आकर फुसफुसाने लगे। क्या सच में ओंकार तुम्हारा था? क्या भरोसे के साथ तुम ये कह सकती हो कि उसने तुमसे प्यार किया? उसने जोर से अपना सर झटका ये बुरी शक्लें उससे दूर चली जाएं। वह आंखें मूंद कर बैठ गई।। उसने लंबी सांस ली, जैसे अंधेरे में चलने के पहले जायज़ा ले रही हो। उसे याद है जब ओंकार को लेकर अस्पताल में थी तो बार-बार फ़ोन आ रहा था। किसी औरत की आवाज थी।

आवाज फ़ोन पर भरभराई सी थी, जैसे दूर किसी खाई से आ रही हो।

हेलो! हेलो!

जी कहें!

मैं इबराना बोल रही हूं, ओंकार जी से बात करनी है।

जी वे बेहद बीमार हैं और बात करने की हालत में नहीं हैं।

आप कौन हैं?

जी मैं! मैं उनकी दोस्त हूं।

प्लीज़ मुझे उनकी आवाज सुना दें। उधर से कातर आवाज आई।

अभी तो वह बोलने की हालत में नहीं है।

महिला चुप हो गई!

लंबे विराम के बाद उसने पूछा, आप कौन हैं?

मैं उनकी पत्नी हूं

पत्नी? उन्होंने शादी कब की?

जी आप कौन हैं और ये सब क्यों पूछ रही हैं? उमा ने पूछा।

फ़ोन पर ख़ामोशी छा गई। ... फिर एक हिचकती-सी आवाज ऊपर उठी मैं उनकी दोस्त हूं। ...गहरी दोस्त! आप समझ रही हैं ना! ओह मैं कैसे बताऊं! उसने मुझे कभी आपके बारे में बताया नहीं! अपनी बेटी के बारे में भी नहीं! ओंकार ने ऐसा क्यों किया? मैं बहुत आहत हूं! माफ़ कीजिएगा!

आपको इस समय तकलीफ़ नहीं देना चाहती थी। यह कहते-कहते उसकी हिचकियां बंध गई। उसने फ़ोन काट दिया।

रात के सन्नाटे में उमा पत्थर बनी बैठी थी। आत्मा की अंतड़ियों को चीरते हुए आंसुओं का बांध टूट पड़ा। आंसुओं के बवंडर के बाद, उसका चेहरा गुस्से से लाल हो गया। अचानक उसकी आंखें दरवाजे की तरफ़ मुड़ीं, उसने देखा ओंकार गहरी नींद में है। चेहरा शांत और कोमल। वह उसके पास गई, कांपते होंठों से उसने पुकारा। हल्की सी उष्णता से, ओंकार! उसे कहां मालूम था कि ये आखिरी बार उसने उसे पुकारा था। अब शायद कभी नहीं पुकार सकेगी। कभी नहीं जान सकेगी आखिर उसने ये क्यों किया?

सुबह उठी तो सर में तेज़ दर्द था। बेटी भी उठ गई थी। उसने दूध बनाकर बोतल उसके मुंह में लगा दी। दिल भारी था। ऐसा लग रहा था कि देह में ताकत नहीं बची है। मन कर रहा था दहाड़ें मार कर रोए। उसने अपने लिए चाय बनाई और खिड़की के पास आ बैठी। चाय का एक घूंट भरा। आंसू टप–टप गिरने लगे। रोते-रोते उसकी हिचकी बांध गई। उठकर फिर मुंह धोया। आंखों पर छपके मारे। आईने में सूरत देखी। जुड़े के गिर्द लिपटी मोतियों की माला उतार दी। उसे कॉलेज जाना था। ओंकार के सारे कागजात ठीक करने थे। बीमारी के दौरान काफी खर्च हो गए थे। उसकी रही–सही पूंजी निकल गई थी। वह

घर से निकलकर कालेज की तरफ निकल पड़ी। बादल घिर आए थे। वह चाहती थी बारिश के पहले कॉलेज पहुंच जाए पर रुक-रुक के बारिश होने लगी। उसे लगा उनका निरंतर गिरते रहना मानों किसी साधारण चमत्कार की अंतहीन पुनरावृति हो। उसे याद आया पहली बार जब ओंकार से मिली थी। उस समय वह कोलंबिया में थी। अपने एक प्रोजेक्ट के सिलसिले में यहां आई थी।

कोलंबिया, बहुसांस्कृतिक देश है। यहां के मूल निवासियों के अलावा पंद्रहवीं शताब्ती में आए स्पेनिश और 19वीं सदी में दास प्रथा के लिए लाए गए अफ्रीकी लोगों की वजह से ये, विविध सांस्कृतिक परंपरा वाला देश है। यही वह खास बात थी जो उसे इस देश से जोड़ती थी!

पिछले दो माह में वह इस देश को जानने लगी थी। कोलंबिया की राजधानी 'बोगाटा' एक खबसूरत शहर है। जब फुर्सत होती टैक्सी लेकर घूमने निकल जाती। आज अपनी अफ्रीकी दोस्त के साथ बोगाटा की सड़कों पर थी। सड़क के दोनों किनारे ऊंचे-ऊंचे दरख्तों के घने झुंड थे। कुछ दूर सड़क आगे जाकर मुड़ जाती थी। सामने झील के पास मोटर वहट लगी थी। दोनों ने वहट ली। जिस पर पहले से ही कुछ कोलंबियाई मौजूद थे। झील में मुकंबल ख़ामोशी तारी थी। आसमान का रंग सुर्ख था। अब सूरज डूब चुका था और झील के पानी पर उसकी हल्की सुनहरी रौशनी तैर रही थी। उमा बोट के किनारे खड़ी होकर पानी की लहरों को देख रही थी। तभी पीछे से आवाज आई, आप इंडिया से हैं?

जी आप भी वहीं के लगते हैं!

वे हंसे और मोतियों से दांत झिलमिला गए!

मेरी तरफ हाथ बढ़ाया— मेरा नाम ओंकार है।

आपका नाम जान सकता हूं?

जी मैं उमा!

विदेश में कोई अपने देश से मिल जाए तो अच्छा लगता है

वे हंसे!

इतने दिनों बाद हिंदी सुनकर ऐसा लगा जैसे बिस्मिल्लाह की शहनाई

सुन रहा हूं।

अच्छा आपको शहनाई सुनाई पड़ रही है, ये कहते हुए उमा ठठाकर हंस पड़ी।

आपकी हंसी बहुत मोहक है!

अब ये मत कहिएगा की मेरी हंसी मधुबाला की तरह है।

वे फिर हंसे मोतिया बिखर गई।

वे दोनों टहलते हुए रेलिंग के पास आ गए।

रेलिंग के बराबर बिछी हुई कुर्सी पर दोनों बैठ गए।

हवा अब तेज चलने लगी थी। हवा के झोंके से उमा के बाल उड़ने लगे। उसने अपनी स्याह लटें लपेट कर ढीला जूड़ा बनाया। ओंकार ने उमा को देखा। गहरा रंग। बड़ी–बड़ी बादामी आंखें। झील के किनारे-किनारे टहलते हुए वे दोनों अपने में गुम चले जा रहे थे। झील के साफ पानी में दरख्तों का गहरा अक्स कांप रहा था। वे कंधा से कंधा मिलाए चले जा रहे थे।

बहुत देर हो गई ओंकार मुझे चलना चाहिए।

ओह हां, ओंकार ने अपना कार्ड निकला। ... अगर मन हो तो फ़ोन कीजिएगा।

कार के हॉर्न से उसकी तन्मयता भंग हुई। उमा कॉलेज के अहाते से गुजरते हुए स्टाफ रूम में आ गई। 'तुम्हारी चिट्ठी है' अनुपमा ने कहा। जैसे चिट्ठी न होकर कोई बम हो। उसने डाक का थैला उसे पकडाया। खाकी कागज़ में लिपटा एक पैकेट था, जिसे लेकर वह अंदर कमरे में चली गई। सुंदर अक्षर में कई पेज की चिट्ठी थी। उसे हैरानी हुई इस दौर में चिट्ठियां कौन लिखता है। ये किसने भेजा है। लिफाफा उलट-पुलट कर देखा पीछे पता में कोई नाम नहीं था पर मुहर अरुणाचल प्रदेश की लगी थी। चिट्ठी खोल कर उसने एक सांस में पढ़ ली। एक ठंडी-सी झुरझुरी उसे हिला गई। वह स्तब्ध बैठी रही। उसने हठात अपनी हथेलियों में अपना चेहरा भींच लिया। वह स्थिर थी, पर उसकी सारी देह हिल रही थी। वह रो रही थी। स्मृति भी किस अंधेरे में अपनी कुंडली खोलती है। चिठ्ठी के अंत में इबराना का नाम लिखा था।

ओह इतना बड़ा धोखा। बीस साल तक साथ रहते हुए उसे कभी पता नहीं चला की ओंकार की जिंदगी में कोई और है। और उसकी जिंदगी में आने से पहले से थी इबराना। फिर ओंकार ने ये क्यों किया। पूरी जिंदगी वह उसके साथ बनी रही और उसे पता ही नहीं चला। उसे जैसे हाल आने लगा वह जोर-जोर से हंसने लगी। यहां भी दोनों स्त्रियां ही छली गईं। उसे भी ओंकार ने नहीं बताया कि हमने अपनी पसंद की शादी की थी। मुझे भी अंधेरे में रखा। एक ही घर में रहते हुए मैं कभी जान नहीं सकी वे दूसरी स्त्री से प्रेम करते हैं।

कमरे में धीरे-धीरे अंधेरा घिर आया था। बहुत देर तक उमा चुपचाप बैठी रही। जैसे उसकी देह में कोई ताकत नहीं हो। अनुपमा ने देखा उमा अब भी बैठी है। वह दबे कदमों से उमा के पास आई। उसके सर पर हाथ रखा। उमा ने डबडबाई आंखों से उसे देखा।

उमा अब बहुत देर हो गई चलो घर चलते हैं।

मैं तुम्हें छोड़ देती हूं।

नहीं, अनु हम चले जाएंगे।

अरे चलो हम दोनों ने काफी दिनों से चाय नहीं पी है। किसी रेस्तरां में बैठते हैं। टी हाउस इस शहर में चाय पीने की सबसे मशहूर जगह है। इसकी सजावट यूनिक है। खास कर युवा यहां आना काफी पसंद करते हैं। अनुपमा ने गाड़ी टी हाउस के पास रोकी। टी हाउस की दीवारों पर मनाली और दार्जिलिंग के सुरम्य पहाड़ और चाय बागानों की तस्वीरें लगी थीं। काउंटर पर विभिन्न तरह के चॉकलेट, चाय बागन जैसे आकार के केक और रंग-बिरंगी रैपिंग ज़र्द रौशनी में चमक रहे थे। एक नौजवान बेटर ने बहुत सुंदर नक्काशी की हुई टी पॉट में चाय लाकर रखी। उमा बिलकुल खामोश थी। उसकी आंखें कहीं दूर देख रही थी।

उमा क्या हुआ कुछ तो कहो?

अब कहने को क्या रह गया है अनुपमा!

उस दिन मैंने बताया था न तुम्हें कि जब मैं ओंकार को लेकर अस्पताल में थी तो एक महिला का फ़ोन आया था। मुझे उस समय ही शक हुआ था पर

सब जानती नहीं थी तो मन कहता था शायद मैं गलत सोच रही हूं। आज इस ख़त ने रहा-सहा भ्रम भी तोड़ दिया।

उमा ने ख़त अनुपमा की तरह बढ़ाते हुए कहा।

मुझे मालूम है उमा। उस महिला ने मुझे भी फ़ोन किया था

बहुत बेचैन और परेशान थी। फ़ोन पर लगातार रो रही थी। बार-बार यही कह रही थी ओंकार ने मुझे कभी नहीं बताया कि उसने शादी कर ली है।

ओंकार बीमार होने के बाद भी उससे मिला था

उसने उसे बताया था कि मुंबई इलाज के लिए जा रहा है।

मैं तुमसे कुछ कह नहीं पाई।

उमा चुप रही। सूनी आंखों से हवा में तकती रही।

उसके ठंडे हाथों के नीचे मेरा हाथ शिथिल-सा पड़ा रहा।

शायद ओंकार तुमको दुखी नहीं करना चाहता था इसलिए कुछ नहीं कह सका। मैंने उमा को दिलासा देते हुए कहा।

उसके स्वर में हल्का-सा विषाद घिर आया, उसके भीतर एक हौल सा उठने लगा।

उसकी आंखें भर आईं। अनुपमा बीस साल तक मैं जिस आदमी के साथ ये सोच कर रह रही थी कि हम प्यार करते हैं वह सब झूठ निकला।

मैं किस ओंकार को सच मानूं। मुझे पागलों की तरह प्यार करने वाला ओंकार।

मेरे पीछे-पीछे अपना कैरियर छोड़ कर कोलंबिया से हिंदुस्तान आने वाला ओंकार। मेरे पिताजी से लोहा लेकर मुझ से शादी करने वाला ओंकार।

लैंप की रौशनी उमा के चेहरे पर गिर रही थी, जिससे उसका पूरा चेहरा सुलगता–सा जान पड़ रहा था। उसकी आवाज बहुत धीमी हो गई, मैं दिन-रात उसके साथ थी फिर भी मुझे कुछ पता नहीं चला।

उमा फफक कर रो पड़ी।

मैं क्या करूं? कैसे भूल जाऊं? कोई अपनी आंखों में धूल झोंक सकता है क्या?

एक वह जो मुझे दिखता है, एक वह जो वह है। मुझे मालूम नहीं उसका असली रूप क्या था? आदमी की देह एक जैसी रहती है— लेकिन वह खुद अपने में कटता जाता है, कट–कट कर बंटता जाता है। लेकिन ऊपर से एकदम साबुत दिखाई पड़ता है। अचानक आपको पता चलता है जो साबुत है, वह टुकड़ों में बंटा हुआ है। जो रिश्ते आपने उजाले में बनाए थे, वे अंधेरे में चले जाते हैं। तुम समझ रही हो ना अनु में क्या कह रही हूं?

उमा संभालो खुद को, मैंने उसे थामते हुए कहा। ...चलो घर चलते हैं। मैंने उमा का हाथ पकड़ा और उसे बाहर लेकर आ गई। आकाश तारों से भरा था। सड़कें रौशनी से चमक रही थी। मैं उसका रोना सुन रही थी, जिसका कोई निस्तार नहीं था। मैं धीरे-धीरे उसकी बांहों को सहलाने लगी। वह कांप रही थी। उसके आंसू जाने किस खंदक से आ रहे थे। आत्मा को चीरते हुए।

उमा जिंदगी को नए सिरे से देखो।

उमा ने कुछ नहीं कहा उसके होंठ फड़फड़ाए

मैं हाथ पकड़ कर कमरे तक उसे ले आई। जब वह बिस्तर पर लेट गई, तो मैंने उसे चादर से ढंक दिया।

लैंप बुझा दूं?

अभी रहने दो।

ठीक है, कल मिलते हैं।

पीछे मुड़कर देखा तो वह चुपचाप तकिये पर सर रख कर लेटी थी। आंसुओं से उसका चेहरा भीगा हुआ था। मैं जानती थी उसके लिए सबकुछ स्वीकार करना आसान नहीं है। उसे अभी वक्त लगेगा।

उमा की आंखें लग गई, उसने पाया की वह किसी भूलभुलैया में फंस गई है जहां से सारे रास्ते गुम हो गए हैं। उसने देखा दीवार के उस पार ओंकार है। आसमानी जलपरियां उसके इर्द-गिर्द नाच रही हैं। उनके नाजुक हाथ भिन्न-भिन्न कोण बनती हुई बलखाती हुई चांदनी रात में जादू भरे संगीत पर नाच रही हैं। ये जलपरियां मौत का नगमा गा रही हैं। आहिस्ता-आहिस्ता उसकी गति शिथिल हुई। उसने ओंकार को नृत्य के लिए आमंत्रित किया और लय में नाचती रही।

वह दीवानों की तरह नाचता रहा। परियों के नाजुक बदन में थरथराहट हुई वह उन्माद और सौंदर्य की आकृति बन जाग उठी। मुहब्बत में बेकाबू होकर ओंकार ने अपनी बांहें फैला दीं। अचानक एक खंजर उसके सीने में लगा और खून का फव्वारा फूट पड़ा। सफ़ेद अंडाकार गुंबद, संगमरमर के खंभे, फैली हुई मेहराबें, बेदाग बुर्राक फानूस खून में भीग कर लाल हो गए। उमा नींद में घबरा कर उठ गई। उसका पूरा शरीर पसीने में भीग गया। उसने फ्रिज से ठंडा पानी निकाला और पूरी बोतल पी गई। उसकी सांस अब भी तेज चल रही थी।

बाहर मेह बरस रहा था। कमरे में उमस थी। गेंदे के फूलों और बन्फ्शे के दूर तक फैले दरख्त भीग रही थी। तारों की निस्पंद रौशनी में बारिश की बूंदें मोतियों की तरह चमक रहे थे। उमा ने फिर से चिट्ठी पढ़नी शुरू कर दी। हर शब्द जैसे दुख से भीगा हुआ था। ख़त के अंत में इबराना ने लिखा था कि वह एक बार उससे मिलना चाहती है। उमा को हैरानी हुई अपने प्रेमी की पत्नी से मिलने में भला किसी स्त्री की क्यों दिलचस्पी होगी! उसकी आंखों के सामने इबराना का नंबर झिलमिला रहा था। उसने कहा था जब आपको ठीक लगे मुझे फोन कर बुला लें।

उमा के चेहरे पर अजीब-सा खालीपन चला आया, जैसे कोई पीड़ा भीतर लटकती हुई। जिंदगी के वे सारे पल पास आ गए। ओंकार से प्रेम करते हुए उसके भीतर हमेशा एक संगीत बजता था। वैसा संगीत जिसकी लय-ताल पर आगे के रास्ते अपने आप खुलते जा रहे थे। वह किसी नैसर्गिक उजाले में नहाए हुए अपने मुहब्बत के दिनों में डूबने लगी। एक ऐसे ही पल में जब नींद से जागकर वे एक–दूसरे की आंखों में आंखें डाल कर मिले थे। ओंकार ने कहा था मैं तुम्हारे पापा से मिलने वाला हूं। वह खूब हंसी थी। पापा तुमको जीने नहीं देंगे और मैं तुम्हें मरने नहीं दूंगी मेरे सलीम! वे दोनों खूब हंसे थे।

सुबह दरवाजे पर दस्तक से आंखें खुली। अनुपमा खड़ी थी। अरे यार अभी तक तैयार नहीं हुई? जल्दी तैयार हो। कॉलेज आज थोडा जल्दी पहुंचना है।

कार में बैठ कर अनुपमा ने सिगरेट निकाल कर उमा की तरफ बढ़ाई। सिगरेट

थामते हुए उमा ने कहा—तुम्हें पता है मुझे इसकी आदत कैसे लगी? सोने से पहले ओंकार हमेशा सिगरेट पिया करता था। मुझे भी बढ़ा देता था, साथ रहते हुए एक-दूसरे की आदत हो जाती है। किस तरह किसी के जाने के बाद भी हमें छोटी-छोटी तफसीलें याद रह जाती हैं।

एक लंबा कश लेते हुए उमा ने कहा।...अनुपमा क्या करें इबराना मुझ से मिलना चाहती है। यार मैं उसे कैसे बर्दाश्त कर पाऊंगी?

मिलने में कोई हर्ज़ नहीं है। जान तो लो क्यों मिलना चाहती है?

उमा ने कुछ नहीं कहा, कार की खिड़की के बाहर देखने लगी।

धुली–धुली रुपहली रौशनी में दिन चमक रहा था। धूप चांदी के छल्लों–सी बिखरी थी। उमा ने धड़कते दिल से फ़ोन उठाया और नंबर डायल किया।

सुबह बिटिया जल्दी उठ गई, उमा की आंखें नींद से भारी थीं पर उसे उठकर दूध बनाना पड़ा। भूख से बच्ची रोए जा रही थी। उसे दूध पिलाकर फिर से सुला दिया। अपने लिए चाय बनाई और अख़बार पढ़ने लगी। बिटिया की आया ने बताया कि बाहर कोई महिला मिलने आई हैं। उसका सीना ज़ोर-ज़ोर से धड़कने लगा। उसने खुद को संभाला। कपड़े ठीक कर बाहर के कमरे में आई।

इबराना ने सुर्ख कांजीवरम की साड़ी पहन रखी थी। उसके गले में पतली सी मोतियों की माला थी। चेहरा गोल और आंखें बड़ी-बड़ी। चौड़ा माथा, जिस पर खिंची रेखाएं बहती नदियों की याद दिलाती थी। उमा को देखकर वह उठी, हिचकते हुए अपना हाथ बढ़ाया। एक-दूसरे का हाथ थामे हुए वे दोनों खड़ी रहीं। जैसे, एक-दूसरे को तौल रही हो।

बैठिए उमा ने कहा। चाय लेंगी। जी। सीता दो कप चाय लेती आना। दोनों चुप थीं। जैसे अपने भीतर के अकेलेपन को थोड़ा सरकाकर किसी दूसरे को वहां आने की इजाज़त देने की कोशिश कर रही हो। इबराना ने देखा उमा की आंखें जैसे उसके पार देख रही हैं। बड़ी-बड़ी आंखें तकलीफ से भरी हुई थीं। दोनों महिलाएं अपने भीतर गुम थीं।

उमा को ये सोचना असहनीय लग रहा था कि मेरा पति किसी दूसरी औरत के पास जाता था और आज वह मेरे पास बैठी है। मैं उससे घृणा नहीं

कर पा रही हूं। बाहर धूप तेज है और रौशनी की एक मोटी लकीर इबराना की आंखों में चमकते हुए आर–पार हो गई।

आप ओंकार को कब से जानती थीं?

इबराना ने मेरी तरफ देखा और नज़रें झुका लीं। हम दोनों चुप थे। फिर इबराना की तरफ़ मुड़कर मैंने पूछा—

आप क्यों मिलना चाहती हैं मुझ से?

एक अजीब सी-उदासी में वह हंस दी। अनिश्चित-सी कुछ देर चुप बैठी रही। उसने धीमे स्वर में कहा—पता नहीं क्यों मिलना चाहती थी। पर मेरे भीतर बवंडर उठा है। मैं जानती हूं आप गहरी तकलीफ में हैं। मेरा यकीन कीजिए। मुझे नहीं मालूम था ओंकार ने शादी कर ली है। उसने कभी थाह नहीं लगने दी। हमारी मुलाकात उसके युवा दिनों में हुई थी। मेरी शादी हो गई थी। मेरे दो छोटे बच्चे थे। वे हमारे घर आते थे। मेरे पति से उनकी दोस्ती थी। धीरे-धीरे हमारे परिवार का हिस्सा हो गए। मैं बड़ी हूं उनसे। पता नहीं चला कब जुड़ाव हुआ और हम एक-दूसरे को प्यार कर बैठे। मैं अपनी जिंदगी से या अपने जज्बों की शिद्दत से नहीं डरती। मुझे आपकी परवाह है। मैंने बहुत दुख झेला है। पति, बच्चे सबने नाता तोड़ लिया। आज वही कह रहे हैं कि जिसके लिए तुमने अपना घर तबाह किया उस आदमी ने तुमको धोखा दिया। यह कहते हुए वह फफक कर रोने लगी।

उमा जड़ बनी सुनती रही। उमा उसके करीब गई। क्या अब भी आप उससे प्यार करती हैं? हां बहुत प्यार करती हूं! मैं भी! थोड़ी देर दोनों में से कोई कुछ नहीं बोला।

उमा कमरे की खिड़की के बाहर देखने लगी। बारिश की झिर-झिर सुनाई पड़ रही थी। उसे लगा वह दुनिया में निपट अकेली है, अपने अलावा कहीं कोई नहीं जिसे वह दोष दे सके। उसकी जिंदगी एक सिफर बन कर रह गई है वह दर्द और तनहाई में यहीं मर जाएगी। उसने सोचा इस बारिश को पड़ते रहने दो, पड़ते ही रहने दो, दिनों-महीनों तक, अनंत काल तक। ढंक लेने दो इस शहर को, इस तरह की उसे कोई तलाश न सके।

वह फूट-फूट कर रोने लगी।

इबराना उसके पास आई। उसके बालों को सहलाने लगी। उस आदमी के लिए क्या रोना जिसने हमारे प्यार की कद्र नहीं की। मैं उसे छूना चाहती हूं और मेरे हाथ खाली–खाली वापस लौट आते हैं,पहले उसकी देह मेरी आत्मा में बस जाती थी। अब कहीं नहीं है। मैं उसी तरह उसे तलाश रही थी जैसे लोग पुराने खंडहरों पर खुदे हुए अपना नाम खोजते हैं।

बाहर बारिश की बड़ी-बड़ी बूंदें झर रही थीं। उसका ध्यान ओंकार के साथ उन बर्फीली शामों की तरफ गया। एक नशीली मांसल उसांस-सी उठी। उमा मुझे कभी नहीं लगा उसकी जिंदगी में मेरे अलावा कोई है। हमने कभी एक-दूसरे से कोई वादा नहीं किया था पर एतबार था। मैं अपने पति से प्यार नहीं करती थी। ये कैसी विडंबना है, आदमी और औरत में प्यार न भी रहे बच्चों की खातिर वे जुड़े रहते हैं। मैं भी बच्चों की वजह से पति के साथ थी।

एक ही घर में वर्षों तक बिना प्यार के जीते हैं लोग। आप धीरे-धीरे रहना सीख लेते हैं। मेरे अभाव को ओंकार ने भर दिया था। मेरे लिए वे घटा की तरह उमड़ कर आते थे। मैं भीगती रहती थी। मेरे लिए जीने का मकसद थे। मेरे जीवन में प्यार पहली बार आया। प्यार मेरे लिए एक करिश्मा जैसा था। मुझे याद है जब पहली बार मिले थे हम, वे क्षण ऐसी काव्यात्मक प्रभामंडल रच रहे थे जो तर्क की सीमाओं से परे लग रहा था। संभोग के शुरुआती अनुभव की तरह। हम देर तक एक-दूसरे में डूबे रहे। उन्होंने मुझे चूमा। मेरी गर्दन, मेरी कंधों की त्वचा एक अजीब अनजानी सी खुशबू से भर गई।

एक काली छाया उमा के चेहरे पर उतर आई। उसका चेहरा सख्त हो गया। उसे लगा गहरी पीड़ा में डूब रही है वह।

आप ये सब मुझे क्यों बता रही हैं। अब क्या फायदा?

इबराना के आंसुओं से भीगे चहरे पर एक उजली सी मुस्कुराहट चमक रही थी, जैसे पुराना जख्म उभर आया हो।

मुझे नहीं मालूम पर शायद हमारा दु:ख एक-सा है। जब मैं आपसे मिलना

चाह रही थी तो मेरे भीतर आपको लेकर इर्ष्या थी। आप से मिलकर लगा आपका दुख मुझसे बड़ा है। मैंने किसी उपन्यास में पढ़ा था दुःख से बचना मुश्किल है, पर सुख को खो देना कितना आसान है"। हां ये निर्मल वर्मा का उपन्यास है। उमा ने कहा। अजीब है ना हम दोनों को कभी पता ही नहीं चला कि जिसे हम पूरा मान रहे हैं वह तो बंटा हुआ है। कोई अनखोजा-सा सत्य, एक अधूरा-सा आभास। उसकी आवाज गीली हो गई।

उमा उसके पास आई। हम सभी अपनी जिंदगी में एक ही चीज़ साझा नहीं चाहते। प्यार! फिर भी ये उतना भयानक नहीं है, भयानक है इस अहसास के साथ जीना कि वह अपने साथ अपना भेद लेकर चला गया। मैं 20 वर्ष उसके साथ रही और मेरा प्यार मेरे पास नहीं था, ये अहसास ही मुझे दुःख से भर देता है। एक सूखी-सी आतुरता। उसका चेहरा तप रहा था। सूरज की पीली निबोली छाया उसके चेहरे पर गिर रही थी। सिर्फ सन्नाटा था जिसमें वह लिपटी थी। वह इबराना के सामने झुकी जैसे कुछ कहना चाह रही हो। ... फिर ठहरते हुए कहा...अब मुझे मुहब्बत और ख़ुशी कहीं और तलाश करनी होगी। मैं उसे भूलना चाहती हूं, भूल नहीं पाती। उसे माफ़ करना चाहती हूं पर मेरा दिल दुःख से फटने लगता है। मेरे पास कोई जवाब नहीं है उसने ये क्यों किया। जिससे पूछना था वह खुद चला गया। मैं क्या करूं, मेरे भीतर हाहाकार मचा है। क्या 20 साल की जिंदगी फरेब थी। ओह! वह फफक कर रो पड़ी।

इबराना उसके पास आई। उसने उमा को पूरी ताकत से अपनी बांहों में भर लिया। वह वहीं बनी रही, चुपचाप बिना किसी हरकत के। उमा हम कभी उसके बारे में पूरा सत्य नहीं जान पाएंगे। ये हमारे लिए हमेशा रहस्य रहेगा। हमारे पास जीने की और वजहें हैं। वह उमा को झिमिलाती हुई सफ़ेद रौशनी में गहरी आंखों से देख रही थी। पल-पल बढ़ती हुई तेज़ बारिश के बीच नन्हे-नन्हे बर्फ के फाहे नाच रहे थे। इस दुःख से वह अपने को ही नहीं, उमा को भी बचाना चाहती थी।। रेशम के जालीदार पर्दे के बाहर बारिश से ढंकी सड़क के सौंदर्य को निहारते हुए उन्होंने जिंदगी को पुकारा। उमा! इबराना!

# शवयात्रा

वह हल्के बैगनी रंग का कुर्ता पहने हुई थी। सफेद रंग का प्लाजो। उसकी आंखें नए फैशन के काले चश्मे के पीछे छुपी थीं। उसके बाल काले और घुंघराले थे। उसने हल्की सी मुस्कुराहट के साथ कहा, मैं शेफाली राय। ईशान ने उसे बहुत ध्यान से देखा। उम्र होने के बावजूद उसके चेहरे पर ताजगी थी, बच्चों सी निश्छलता! कमरे में हल्की रौशनी थी। बड़ी-बड़ी खिड़कियों पर रेशमी पर्दे झूल रहे थे। कोने में बड़ा सा कैमरा पड़ा था। फर्श ख़ाली था, जिसपर मोटी कालीन बिछी थी। उसने चारों तरफ नज़रें घुमा कर इत्मीनान किया।

आइए बैठते हैं, ईशान ने कहा।

आपसे तफसील से बात हो चुकी है न हमारे कास्टिंग डारेक्टर की?

जी कुछ ज्यादा नहीं।

उन्होंने बताया, कहानी में मेरी भूमिका दूसरी पत्नी की है।

ये मध्यवर्ग की कहानी है।

कोई बात नहीं जैसे-जैसे हम गहरे जाएंगे कहानी आपके सामने खुलती जाएगी।

आप तैयार हैं वर्कशॉप के लिए?

जी!

कमरे का दरवाजा बंद हो गया

उसे थोड़ी सी घबराहट हुई। उसने मन ही मन खुद को तैयार किया।

ईशान उसे गहरी नज़रों से देख रहा था। ...

देखिए अभिनय के लिए ज़रूरी है कि हम अपनी सभी वर्जनाओं से मुक्त हो जाएं। आपको खुद को खोलना होगा।

आपसे कुछ सवाल करना चाहता हूं— मेरे सवाल आपको परेशान कर सकते हैं। पर ये हमारे काम का हिस्सा हैं। इससे आपको अभिनय करने में सहूलियत होगी। ये कहकर ईशान खामोशी से उसे निहारने लगा फिर उसने अपनी नज़रें खिड़की के बाहर कीं। बाहर बारिश हो रही थी। बारिश की अनंत धारा को रात के पार चुपचाप बहते देखकर वह फुसफुसाया— कितनी खूबसूरत है ये कायनात। अचानक वह शेफाली की तरफ घूमा। आपके घर में कौन कौन हैं? मैं, मेरे पति और मेरे दो बच्चे। आपकी शादी को कितने साल हुए? तक़रीबन 20 साल!

आप अपने पति से प्यार करती हैं?

ये कैसा सवाल है?

मेरे लिए आपके बारे में जानना जरूरी है

क्यों? मेरे निजी जीवन से अभिनय का क्या वास्ता?

वास्ता है!

हम सब बहुत सारी वर्जनाओं के साथ जीते हैं

अभिनय के लिए ज़रूरी है कि हम उन तमाम वर्जनाओं से मुक्त हों

शेफाली के चेहरे का तनाव कम हुआ

उसने ईशान की आंखों में आंख डालकर कहा हां बहुत प्यार करते हैं

आपको अपने प्यार पर भरोसा है।

जी!

उम्मीद करता हूं, आप बुरा नहीं मानेंगी अगर मैं ये सवाल पूछूं,

क्या पति के साथ आपका सेक्सुअल रिलेशन अच्छा है!

वह ठिठक गई

वातावरण पर तनाव भरी ख़ामोशी छा गई

मुझे कभी बहुत तलब नहीं होती।

क्यों?

क्यों का क्या मतलब?

शायद साथ रहते हुए जीवन एक ढर्रे पर चलने लगता है।

वह उष्णता नहीं रहती शायद उम्र भी वजह हो।

यह बिलकुल सीधा और सही जवाब है। अब आपकी इज़ाजत से आपसे कुछ और पूछना चाहूंगा। मैं जानता हूं मेरे सवाल आपको असहज कर रहे हैं। लेकिन ये सवाल हमें खोलेंगे। मेरे सवालों को अपनी आत्मा के माध्यम से सुनने की कोशिश कीजिए।

पति के अलावा किसी के साथ सेक्स किया है?

प्लीज़ घबराइए मत। मेरे लिए सेक्स संगीतात्मक और रूमानी के साथ साथ रोज़मर्रा जीवन की घटना है। जैसे हमें भूख लगती है, प्यास लगती है।

शेफाली का चेहरा लाल हो गया।

उसे महसूस हुआ कि उसकी कनपटियां जल रही हैं।

ये क्या बेहूदा सवाल है!

ये बेहूदा सवाल नहीं है।

वह रुका जैसे कोई राज उजागर कर रहा हो।

हम अपने शरीर को लेकर इतने भयभीत क्यों रहते हैं?

क्या शरीर हमें दुख नहीं देता है, आनंद नहीं देता है!

हम अपने शरीर को जितना मुक्त और सहज करेंगे अभिनय उतना आसन होगा।

आपको देखकर लगता है जैसे आपने अपनी देह को बांध रखा है। खोलिए खुद को। यह कहते हुए उसने अपनी हथेली शेफाली की मुलायम पेशानी पर रखी। शेफाली ने तेजी से अपने को पीछे खींच लिया मानो कोई जलती हुई चीज़ उसकी पेशानी पर रख दी गई हो।

ये क्या? शेफाली ने घबराकर पूछा।

घबराएं नहीं!

अगर आपको हम पर भरोसा नहीं तो आप हमें छोड़ सकती हैं। हमारे काम करने का ये तरीका है।

कई लोग हमें सनकी समझते हैं।

पर अगर आपको अपने किरदार को जीना है तो आपको ये अभ्यास करना होगा।

शेफाली गुस्से से कांप रही थी। देखिए मैं पिछले 20 सालों से अभिनय कर रही हूं। मुझे भी अभिनय के बारे में पता है। मेरे निजी जीवन से अभिनय का क्या वास्ता?

वास्ता है! हमारी सोच हमारे अभिनय को प्रभावित करती है।

दुनिया की सारी महान कलाओं को इससे गुज़ारना पड़ता है। क्या आपने कर्नल गैब्रिएल गार्सिया मार्खेज को पढ़ा है? उनकी महान किताब 'एकाकीपन के सौ वर्ष' इस उपन्यास को लिखते हुए उन्होंने खुद को एक साल कमरे में बंद कर लिया था। जिसे उन्होंने जिया, उसे साहित्य में अभिव्यक्त किया है। एकाकीपन की अंतिम मानवीय परिणति 'प्रेम' में है। यह प्रेम पूरी मानवता से है। जिसे प्राप्त करने के बाद मानव जाति हर तरह के बंधनों और उपनिवेशों से मुक्त होती है। उनके प्रेम करने का अंदाज—जादुई है, यथार्थवादी है।

जी पढ़ा है हमने।

पर इसका हमारे काम से क्या मतलब?

मैं यही कहना चाहता हूं कला को भीतर तक जानने के लिए खुद को उसमें ढालना होता है। एक कलाकार जैसे ही अभिनय की दुनिया में कदम रखता है वह अभिशप्त होता है। हर भावना की अपनी एक सहज शारीरिक अभिव्यक्ति होती है, आत्मा, शरीर और मस्तिष्क एक लय में काम करते हैं। जीवन का सच्चा आनंद, मानवीय क्षमताओं और सृजन की अभिव्यक्ति के माध्यम से ही संभव है। इसलिए आप अपने शरीर को जितना जानेंगी अभिनय उतना सहज होगा।

क्या ये सच नहीं है कि आप अपनी पवित्र छवि रचना चाहती हैं?

नहीं, पर हर आदमी दूसरों की नज़रों में खुद को अच्छा दिखाना चाहता है— शेफाली ने कहा।

क्या आपको पति के अलावा कोई अच्छा नहीं लगता?

लगता है!

तो फिर इसे स्वीकार करने में क्या हर्ज है?

शायद मैं औरत हूं इसलिए।

माफ़ कीजिएगा, मेरा ये सवाल थोड़ा मुश्किल है पर हमारे काम के लिए ज़रूरी है। मेरी फिल्म में प्रेम और कला एक-दूसरे से गुंथे हुए हैं।

ये कह कर ईशान ने उसकी तरफ देखा। क्या मैं ये पूछ सकता हूं कि जब आप अपने पति के साथ सेक्स करती हैं तो आपके दिमाग में कोई और भी रहता है? मतलब आप किसी और को लेकर फंतासी (fantacy) करती हैं?

शेफाली का दिमाग चकरा गया।

उसे लगा ये आदमी उसे चुनौती दे रहा है!

उसकी नसें फटने लगीं।

उसका पूरा अस्तित्व सुलगने लगा।

उसने जोर से चीखते हुए कहा, हां मेरे दिमाग में कोई और भी रहता है। मेरी दोस्ती हुई। फिर हम प्रेम में पड़े। हमने सेक्स किया। कई बार किया। पर वह मेरा प्यार था।

ये कहते हुए वह फफक कर रो पड़ी।

ईशान ने कुछ नहीं कहा।

इशारे से पानी मंगवाया।

ईशान ने बहुत मुलायम स्वर में कहा- शेफाली आज यहीं तक। कल मिलते हैं।

शेफाली ने खुद को संभाला और निकल गई। शहर पर उतर रही शाम के धुंधलके में बड़ी-बड़ी आलीशान इमारतें उदास लग रही थीं। ख़ामोशी के इस मंज़र में उसे बड़ी शांति मिली। कमरे में आकर वह सीधे बिस्तर पर गिर गई।

देवव्रत कमरे में आए तो शेफाली की आंखें बंद थीं और आंसू बह रहे थे।

वह घबरा गया।

क्या हुआ शेफाली? तबीयत ठीक है ना!

उसने देव को गहरी नज़रों से देखा और उससे लिपटकर रोने लगी।

देबू मुझे ये फिल्म नहीं करनी। तुम मना कर दो।

अच्छा बाबा।

पर बताओ तो सही हुआ क्या?

शेफाली के दिमाग में सारे सवाल कुलबुलाने लगे।

क्या कहती देबू से, किस तरह के सवालों से पिछले आठ घंटों से जूझ रही थी वह।

क्या देबू सब सुनकर उसे माफ़ कर देगा?

ये सोच कर वह सिहर गई।

नहीं उसे खुद जूझना होगा।

शेफाली ने खुद को संभाला। नहीं, देबू कुछ खास नहीं। बस हम ही शायद अभी उस रोल के लिए तैयार नहीं थे। चलो खाना खाते हैं, भूख लगी है। वह उठी बाथरूम में जाकर हाथ-मुंह धोए। उसे लगा उसकी बांहें, उंगलियां, होंठ सुन्न होते जा रहे हैं। आईने में खुद को देखकर बाल ठीक किये।

रात के बारह बज गए हैं।

देबू गहरी नींद में है। शेफाली ने उसके चेहरे को देखा। कितना शांत और निश्छल है। उसने आंखें बंद कीं। सारे सवाल उसके ऊपर पत्थर की तरह गिरने लगे।

क्या आप अपने पति से प्रेम करती हैं?

...।

तो फिर किसी और से प्रेम क्यों?

पति के साथ सेक्स करने की इच्छा नहीं।

तो फिर किसी के साथ क्यों?

ये सब मध्यवर्ग का ढकोसला है।

उसके पेट के ऊपर की मांसपेशियों में दर्द की लहर उठी, जिसने सीने, जांघों और पेशानी में फैल कर उसके सारे बदन को सुन्न कर दिया।

भीतर गहरे अंधेरे में जो राज दफ़्न थे उन्होंने अपने नुकीले दांत निकाल लिए और वह लहूलुहान होने लगी।

कितने साल हो गए जब चंदर मिला था। अभिनय के दौरान मिले थे हम दोनों। गहरी काली आंखें और गठीला बदन। जब वह अभिनय करता तो लगता जैसे दुनिया की सारी कलाएं एकाकार हो गई हैं। उसके सौंदर्य में जादू था। उसके चलने-फिरने, उठने-बैठने का वह तौर तरीका शाहाना था। वह कहता था कला का उद्देश्य अमूर्त सौंदर्य से सौंदर्यबोध की उपलब्धि होती है।

हम नाटक के अंतिम दृश्य में थे। मुझे सफ़ेद रंग का लंबा लिबास पहनाया गया था। मेरे जूड़े में लाल गुलाब लगे थे। वह मुझे अपलक निहार रहा था। मेरे सामने दर्शकों की लंबी कतार थी। हम दोनों नृत्य की लय में बंधे थे। मैं अद्‌भुत मादकता और आनंद के साथ बहती हुई मंच पर गोल-गोल घूम रही थी। मुझे लगा इस नृत्य और संगीत में मेरी अतृप्त इच्छाएं हैं। वीनस की बांहों में सोए ताहोश की कल्पनाएं हैं। इस नृत्य के बहाने हम जिंदगी के एक बेहद खूबसूरत क्षण को जी रहे थे। वह मेरे पूरे शरीर को इस तरह गूंथने लगा जैसे मैं मिट्टी की बनी हूं और वह कोई मूर्तिकार हो। हम अपने नृत्य द्वारा दुनिया को जिंदगी की भव्यता का, उसके चरम आनंद का संदेश देना चाहते थे।

जब शो ख़त्म हुआ तालियों से पूरा हॉल गूंज रहा था और मेरी देह कांप रही थी। ...उसी रात हम मिले भोर होने तक जागते रहे। खिड़की के बाहर चांद भीगता रहा। उसकी आंखें सुलग रही थीं। ...मेरी गर्दन, मेरे होंठ, उसके चुंबनों से भीग रहे थे। रात सफ़ेद फूलों पर लेटी थी। रात बांसुरी की आवाज में ढल गई। रात अंधेरी है और बादल गहरे। तुम ऐसी रात में कैसे आ सके। चंडीदास कहे सखी री। ...सखी री। ...

सुबह उठी तो पलकें नींद से भारी थीं। अजीब कैफियत थी। मन में डर

बैठ गया। ओह पता नहीं कितने दिन और इन सवालों के साथ जूझना होगा। पता नहीं ये आदमी मेरे भीतर से क्या निकलना चाहता है। सबकुछ तो खोलकर रख दिया। कितना और उधेड़गा? इसके सामने पूरी तरह निर्वस्त्र हो चुकी हूं फिर क्या है जो मुझसे चाहता है। कल जैसे मुझपर हाल आया था। वह सवाल पूछता रहा और मैं अपने को खोलती गई। कितनी यातना भरी रात थी। जैसे उसने मुझे कठघरे में खड़ा कर दिया और एक न्यायाधीश की तरह जिरह कर रहा था। मेरा दिल छलनी-छलनी है। जिससे उबरने में मुझे सालों लगे आज सारा कुछ फिर से दुहराया जा रहा है। क्या सच में मेरा प्रेम किसी अभाव के बदले आया। या मैं देह की प्यास में थी या वह मेरा प्यार था। ओह मुझे नहीं मालूम। शायद मैं उसके भीतर बैठे उस महान कलाकार से प्रेम कर रही थी। जब वह अभिनय करता था तो मैं उसे देखती रहती। मेरे भीतर का कलाकार बाहर आ जाता। हम एक सम्मिलित प्रवाह में बहने लगते। मुझे लगता, मैं एक दूसरी व्यक्ति हूं। मेरे भीतर का किरदार मेरे शरीर से मुक्त होने को व्याकुल है। ऐसा लगता मेरा दिल अब फटा कि तब फटा। मेरे और उसके बीच इतना अद्‌भुत तारतम्य था। उसकी हर मुद्रा के जवाब में मेरे शरीर में खुद-ब-खुद तरंगें उठने लगतीं। मुझे महान नर्तकी इज़ाडोरा की याद आई। वे कहती हैं 'प्रेम अक्सर कला को बर्बाद करता है और कला अक्सर प्रेम का दर्दनाक अंत करती है। इन दोनों में कोई समझौता नहीं है सिर्फ निरंतर संघर्ष है।'

घर से निकलने में देर हो गई। करीब दो बजे स्टूडियो पहुंची। आज मैंने खुद को उन सवालों के लिए तैयार कर लिया है। ईशान ने कहा था कि उसे रुकना पड़ सकता है। स्टूडियो में उसके साथ दूसरे अभिनेता भी थे। जिस जगह को शूटिंग के लिए लिया गया था वह शहर से दूर थी। पुरानी आलीशान इमारत, सुंदर दरवाजे, बड़े-बड़े छज्जे, कारीगरी से गढ़ी सुंदर मूर्तियों को देखकर लगा इसमें रहने वाले लोग शायद कभी शांत, सुखी और रंगीन जीवन बिताते होंगे। दीवारों पर हल्का सुरमई रंग था। एक तरफ टैगोर, एक तरफ श्याम बेनेगल की किसी पुरानी फिल्म की तस्वीर लगी थी। कोने में फ्लोर लैंप। बुक शेल्फ में अंग्रेजी, हिंदी की किताबें। फर्श पर रंगीन कालीन।

उसकी नज़रें उठीं तो सामने मोटे स्याह फ्रेम की ऐनक, सर पर घने बाल, खादी सिल्क का सफ़ेद कुर्ता और नेहरू जैकेट पहने एक खूबसूरत आदमी खड़ा था। उसने तपाक से हाथ बढ़ाया। आप शेफाली? जी आप? मैं ग़ालिब। आपका शौहर। फिर वह ठठाकर हंसा, माफ़ कीजिए इस फिल्म में मुझे ये भूमिका मिली है।

वह हंसी, अच्छा तो आप ही हैं।

इस बीच कास्टिंग डायरेक्टर ने आकर सूचना दी।

ईशान आ चुके हैं। उन्हें बुलाया जा रहा है। जब वे दोनों ईशान के कमरे में गए तो वह स्क्रिप्ट पर काम कर रहा था। ईशान ने उन दोनों को स्क्रिप्ट पढ़ने दी और देर तक अभिनय पर बात होती रही। वह जानती थी अभिनय की चुनौती स्वीकार करना आसान नहीं था। ईशान ने कहा ये दृश्य खुल नहीं रहा है। आप दोनों को और मेहनत करनी होगी। पति-पत्नी हैं इसलिए आप लोगों को एक-दूसरे से ज्यादा सहज होना होगा। आपको एक ही कमरे में रात साथ गुजारना होगा। शेफाली का चेहरा पीला पड़ गया। नहीं ये मैं नहीं कर सकती। घबराएं नहीं। एक-दूसरे को जानें। एक-दूसरे को जितना जानेंगे, सीन उतना नेचुरल होगा। ये कह कर ईशान बाहर निकल गए। कमरे में अब वे दोनों थे।

बाहर अंधेरा घिर आया था।

ग़ालिब ने पूछा क्या आप मेरी उपस्थिति से असहज हैं?

नहीं तो।

कमरे में सिर्फ हम दोनों हैं!

हमें खुद को तैयार करना है एक-दूसरे के लिए।

मैं आपकी मुश्किलें समझ सकता हूं।

मैं मर्द हूं तो मुझे आसानी है।

हमारे समाज में मर्द अपनी देह को लेकर बचपन से मुक्त रहता है।

सारी नैतिकता औरतों के हवाले है।

जी सहमत हूं।

लेकिन क्या मर्द होने से उस पर कोई नैतिक दबाव नहीं बनता?

हां सामाजिक दबाव है।

पर मैं अकेला हूं और मर्द हूं तो मुझे पूरी आजादी है ये कहकर वह हंसा

मैं मानता हूं कि हमें अपने शरीर से प्यार करना चाहिए।

इस मामले में महान नर्तकी इज़ाडोरा के फलसफे से प्रभावित हूं। वे कहती हैं, 'जब आप एक शरीर लेकर पैदा हुए हैं जो आपको बहुत दर्द देता है—दांतों का निकलना और टूटना, तरह-तरह की बीमारियां, चोटें—तो उस शरीर से आनंद प्राप्त करने का अधिकार आपको क्यों नहीं है?'

इज़ाडोरा को भी अपनी आजादी की कीमत चुकानी पड़ी।

शेफाली ने ग़ालिब की तरफ देखते हुए कहा।

आजादी की कीमत तो चुकानी ही पड़ती है मोहतरमा!

मैं अभी तैयार नहीं हूं इसके लिए।

वह हंसने लगा।

ये बातें मैं आपको तैयार करने के लिए नहीं कह रहा।

आप बहुत ज़हीन हैं।

मुझे ज़हीन और मोहक स्त्रियां पसंद हैं।

आदिम शरीर, चाहत भरे होंठ, लिपटती बांहें ये सब सुख आदमी और औरत को मिलना ही चाहिए।

एक आदमी जो दिन भर काम करके थक जाता है, उसे सुंदर बांहों और पीड़ा भुला देने वाले गुदगुदे शरीर का स्पर्श क्यों नहीं मिलना चाहिए। ये कहते हुए वह बिल्कुल उसके नजदीक आ गया। इतना नजदीक कि वह उसकी सांसों की गर्माहट महसूस कर सकती थी।

वह एक कदम पीछे हटी।

घबराएं नहीं बिना इज़ाजत के मैं अपनी प्रेमिका को भी नहीं छूता।

मेरे अभ्यास का समय हो गया है।

आपकी इजाज़त हो तो हम अभ्यास शुरू करें।

जी!

मैं अभ्यास अपने कपड़े उतार कर करता हूं।
ताकि अपने शरीर से मुक्त हो सकूं।
ये कहकर उसने अपने कपड़े उतार दिए।
वह देखती रही।
गठीला बदन, ऊंची पेशानी, चौड़ा सीना।
आप चाहें तो आप भी अपने कपड़े उतार कर अभ्यास कर सकती हैं
ये आपका शरीर है आपको जानना ही चाहिए उसे।

कला तो खुद अपने आप को संवारती है, चारों तरफ सुंदरता का परिवेश पैदा करती है। और ये कलात्मक सुंदरता मनुष्य की आत्मा में से बहुत सहज तरीके से उपजती है। कला मानवता की आध्यात्मिक मदिरा है, जो आत्मा के विकास के लिए बहुत ज़रूरी है। वह बोल रहा था और वह सुन रही थी।

शेफाली को लगा जैसे वह ट्रांस में चली गई है। उसे हाल आया है। उसने अपने बदन से सारे कपड़े उतार दिए। और वह मंच पर अभ्यास करने लगी। वह भूल गई उसके सामने कोई और भी है। उसकी देह उसके बंधन से मुक्त होकर नदी की तरह बहने लगी। रंगों और रौशनी की उस दुनिया में बिजली की तरह मंच पर लहराती रही। जब थमी तो कमरे में जोरदार ताली बजी। ईशान ने कहा, अद्‌भुत प्रदर्शन। तेज रौशनी से वह बाहर आई। सामने पूरी यूनिट थी। और वह सबके सामने निर्वस्त्र। निस्तब्ध। उसका चेहरा मृत्यु की तरह पीला था और वह कांप रही थी। उसे याद नहीं किसने उसे कपड़े दिए और कब उसके बदन को ढंका गया। वह अपने कमरे में गई और कमरा बंद कर लिया।

उसकी खिड़की के सामने। लॉन का बड़ा हिस्सा रंग-बिरंगे फूलों से पटा था। गुल अब्बास गेंदा, हज़ार सूरजमुखी। भुरभुरी मिट्टी के अंदर केंचुए नन्ही-नन्ही ढेरियां बना रहे थे। उसने अपने बदन को देखा। उसे लगा सारे केचुए उसके बदन पर रेंग रहे हैं। उसने अपने बदन से उन्हें हटाना शुरू किया। पीठ, जांघ, उसकी छाती से रेंगते हुए केचुआ उसके गले में अटक गया। वह

जोर-जोर से चीख रही थी। उसने अपने बदन के सारे कपड़े नोच डाले। फिर एक भयानक अट्टहास! इज़ाडोरा तुम बताओ। एक इनसानी जिंदगी का सच क्या है, और इसे कौन पा सकता है? खुद ईश्वर भी चकित रह जाएगा। इस पीड़ा और आनंद के बीच, इस गंदगी और शुद्धता के बीच, इस शरीर में छिपी नारकीय तृष्णाओं और साहसिक सौंदर्य के बीच—सत्य कहां है?

काफी देर तक शेफाली अपने कमरे में पड़ी रही। अपने भीतर की औरत को नई राह पर चलने के लिए तैयार कर रही थी। पर औरत मानने को तैयार नहीं थी। उसे उकसा रही थी। उसकी आंखें क्रूर हो गई। और उसका उपहास उड़ाने लगी। आखिर में शेफाली उठ खड़ी हुई और उन आंखों का सामना करते हुए बोली, 'नहीं, तुम मुझे डरा नहीं सकती! मैं जीवन में विश्वास करती हूं, प्रेम में और अपनी कला में! इस राह से मुझे पीछे नहीं जाना है।

छह माह बाद मुंबई की सड़कों पर उसकी फिल्म के बड़े-बड़े कटआउट लगे थे। आज उसकी फिल्म का प्रीमियम शो था। वह बेताबी से देबू और नीना का इंतजार कर रही थी।

नीना ने शेफाली को अपने अंक में भर लिया। मां मुझे नाज़ है तुम पर। शेफाली ने उसे प्यार से देखा और उसके घने बाल सहलाने लगी। उसने महसूस किया नीना बड़ी हो गई है उसकी आंखें भर आई ये देखकर कि उसकी बेटी उसे संभाल रही है। उसकी आंखें देबू को तलाश रही थीं। उसने नीना से पूछा... तुम्हारे पापा दिख नहीं रहे हैं? नीना कुछ पल के लिए खामोश रही, पापा घर पर तुम्हारा इंतजार कर रहे हैं। उसे अजीब लगा देबू खुद नहीं आया। नीना ने उसका हाथ अपने हाथ में लिया मां तुम्हारे अभिनय की गूंज दुनिया भर में सुनाई पड़ रही है। वह हंसी उसका चेहरा अद्भुद चमकीली और आनंदायक उजास से भर गया बेटी की आंखों में खुद को देखकर।

शो ख़त्म हो गया। एक-एक कर शेफाली ने सबको विदा किया। वे दोनों कार में थे। बाहर चांदनी बिखरी थी। सफ़ेद रहस्यमय रात उसके भीतर उतर रही थी। उसे ऐसा लगा जिंदगी और खुशियां उसे पहली बार पुकार रही हों। कार अब बड़ी-सी बिल्डिंग के नीचे थी। नीना मां को संभालते हुए लिफ्ट

तक ले गई। दरवाजा देबू ने खोला। वह उससे लिपट गई। अपनी पूरी ताकत से उसे अपनी बांहों में भर लिया। अपना सर उसकी गर्दन से लगा कर चेहरा उसके सीने में छुपा लिया। ओह देबू आज मैं बहुत खुश हूं। तुम क्यों नहीं आए? मैंने कितना इंतजार किया। देबू खड़ा रहा चुपचाप बिना किसी हरकत के। शेफाली ने अनुभव किया देबू कुछ उखड़ा-उखड़ा है। उसके चेहरे की मुलायमियत गायब है। उसने सोचा शायद तबीयत अच्छी नहीं हो।

खाना खाने के बाद वे दोनों अपने कमरे में अकेले थे। खिड़की के बाहर तारे अब भी उज्ज्वल और शीतल आभा के साथ झिलमिला रहे थे। शेफाली को अपना कमरा बहुत प्यारा था। ये बेहद हसीन लम्हां था। उसने देबू को बाहों में भर लिया। क्या हुआ तुम्हें। कमरे में बड़ी देर तक अजीब किस्म का सन्नाटा छाया रहा। वह दुश्चिंता की नई लहर से घिर गई। देबू ने उसे देखा। असहाय-सी ईर्ष्या उसकी रगों में फैल रही थी। वह खुद को सोचने से रोक नहीं पाया, क्या ये सभंव है कि शेफाली का कोई और प्रेमी हो। उसका चेहरा गुस्से से लाल हो गया। वह खिड़की की तरफ पीठ करके बच्चे की तरह घुटने पेट से लगाकर लेट गया। उसके आंसुओं से तकिया भींग गया था। इस फिल्म ने उन लोगों की जिंदगी में क्या कुछ छीन लिया।

अचानक वह ज़ोर-जोर से चिल्लाने लगा। मैं झेल नहीं पा रहा हूं तुमको। तुम्हारी देह अब मेरी नहीं रही ये कहते हुए फफक कर रो पड़ा। ओह तुमने ये क्या किया शेफाली। पूरी दुनिया के सामने अपने को इस तरह पेश करते हुए तुम्हें शर्म नहीं आई, यह कहते हुए वह बिलकुल उसके नजदीक आ गया। उसे खालिस घृणा से घूर रहा था। उसकी आवाज में कंपन और आंखों में जिस तरह का गुस्सा कौंध रहा था, शेफाली को समझ आ गया कि अब विस्फोट होगा और सब कुछ ख़त्म हो जाएगा। बाहर गहरे आकाश में तारे टिमटिमा रहे थे। कनेर के सफेद फूल झर रहे थे। उसकी आंखें डबडबा गई। उसे लगा आज वह अपने रिश्ते की शव यात्रा में शामिल है।

एक साल बाद देबू को मानसिक अस्पताल से निकालकर घर ले जाया जा रहा था। बाहर शेफाली की फिल्मों के बड़े-बड़े पोस्टर लगे थे।

देबू कार की खिड़की के बाहर देख रहा था। पोस्टर पर दमकता हुआ शेफाली का चेहरा। देबू ने उसका हाथ अपने हाथ में लिया—शेफाली तुम्हारे अभिनय ने कला को नया आयाम दिया। मुझे नाज़ है तुम पर। मुझे माफ़ कर दो शेफाली! देबू ने उसे गहरी नज़रों से देखा, फिर लिपट कर रोने लगा, शेफाली! शेफाली!

# एक कथाकार की डायरी-1

आज जिंदगी की डोर हमारे हाथों से छूट गई। हमारी मामी नहीं रहीं। सात दिनों तक अस्पताल में मौत से जूझती रहीं। जब कोई आपके बीच से चला जाता है तब लगता है कि उनका होना हम सब की जिंदगी में कितना जरूरी है। मामी गई और हमारा ननिहाल छूट गया। उनके बिना हम अपनी नानी के घर की कल्पना नहीं कर सकते। उस घर में मामी सब जगह मौजूद है। नानी से ज्यादा ननिहाल को मामी के रहते जाना है। काश कि मैं भी ये मान लेती कि मौत अचानक आती है या भगवान की यही इच्छा थी। तब शायद दुःख कम होता। पर मन बार-बार कहता है कि अगर मामी ने अपनी बीमारी को नज़रअंदाज़ नहीं किया होता तो शायद हम उन्हें बचा लेते। अगर समाज धर्म का ठेका औरतों को नहीं देता तो शायद हम उन्हें बचा लेते। मेरी मामी बहुत जिंदादिल थीं। धर्मपरायण भी। दुनिया के लिए एक स्त्री का धर्मपरायण होना गर्व की बात होगी पर मुझे लगता है कि धर्म ने महिलाओं की जिंदगी को ज्यादा मुश्किल बनाया। पता नहीं वह कितने दिनों से बीमार थीं। उसने किसी को भनक नहीं लगने दी। उसी हालत में सारे पर्व किए। छठ के दिन गोबर से आंगन लीपा, उपवास करती रही। कोई नहीं था जो कहता कि तुम्हारी जरूरत हमें ज्यादा है। उस भगवान से ज्यादा जिसकी पूजा तुम

हम सब के लिए करती हो। हम कहां जानते हैं अपनी औरतों को? मसलन मां, नानी, मामी, पत्नी, चाची, बुआ, दादी या अपनी बेटी को। कितनी बार उसकी थाली में झांकते हैं, कितनी बार उससे उसका हाल लेते हैं, कितनी बार उसकी चिंता करते हैं? जो सब की चिंता करती है उसकी चिंता कोई नहीं करता। उसने जीते जी हमारी दुनिया से बाहर जाने की तैयारी कर ली थी। सुख कभी पूरा नहीं होता। दुख पास ही खड़ा रहता है। मामी को जाते हुए देखती रही। जब वह बाहर लाई गई उनके चेहरे पर गहरी शांति थी। आदमी जीता एक जगह है, पर मरने के बाद वह हर व्यक्ति के भीतर जगह बना लेता है। सूरज की पीली रौशनी की महीन क्लांत छाया उनके चेहरे पर गिर रही थी। धूप की पतली तहें अब भी बाकी हैं। मैं देख रही हूं मामी को। सिर्फ सन्नाटा है, जिसमें वह लिपटी है। मैं उसके बिलकुल पास अपनी धड़कन में उसे सुन सकती हूं।

## अस्पताल के दिन...

अस्पताल में पड़े-पड़े सिर्फ आंखें देखती हैं चारों तरफ। हाथ तो सूइयों से बिंधे रहते हैं। मुंह और नाक ऑक्सीजन मास्क से। अभी हाथ मुक्त हुआ तो मैंने फेसबुक पर आप सबके मैसेज देखें। दुआएं देखीं, मुहब्बत से लबरेज शब्दों में भीगती रही। क्या कहूं इस मुहब्बत का। फैज याद आएं हैं। 'ये जो मेरा तुम्हारा रिश्ता है किसी भी आशिक़ी की जुबां में दर्ज नहीं'। नि:शब्द हूं। सबको अलग से जवाब नहीं दे सकती। थक जाती हूं। हाथ और दिमाग थक जाता है। खांसी उठती है तो मुझे बेदम कर देती है। आप सबकी मुहब्बत और दुआओं और यहां के डॉक्टर की ही ये ताकत है कि मैं धीरे-धीरे बेहतर हो रही हूं। पर अब भी फोन पर बात नहीं कर पाती। इसलिए किसी का फोन नहीं लिया। आप सब मेरे लिए परेशान हैं जानती हूं। मोना हाल बताती रहेगी। जब मैं लिखने-बोलने की हालत में रहूंगी तो मैं अपना हाल दूंगी। इस

मुश्किल समय में आप सब याद आए। कल बड़ी तकलीफदेह रात थी मेरे लिए। रात आंखों में कट गई। सुबह सूरज उगा मैंने अपने चाहने वालों का चेहरा देखा। मेरे लब पे हंसी थी और आंखों में फिर मुलाकात के सपने। यकीन करें जाऊंगी नहीं, सीने पर मूंग दलूंगी। आप सब मेरे लिए बहुत जरूरी हैं। आपके लिखे हुए हर शब्द मेरा दिल है जो धड़कता है हर प्यारे इनसान के लिए। आप सब अपना खयाल रखें, ये जरूरी है। नज़दीक से देख लिया इस ज़ालिम बीमारी को। पता नहीं कब बाज़ी पलट दे। आज के लिए बस! सबको आदर! बेतहाशा प्यार!

**जिंदगी...**

जब आंखें खुलीं तो सुबह के आसमान में दूधिया चांद की हल्की आभा थी। प्रकृति शांत और शीतल थी। भोर का सौंदर्य जाने कितने दिनों बाद देखा। बुखार से टूटते हुए बदन को धकेलते हुए मैं बाल्कनी में थी। मेरी प्रिय जगह। बोगनबेलिया गुच्छों में खिले हैं। अलमांडा की पीली आभा आकाश के नीले रंग पर चमक रहे हैं। फूलों के चेहरे पर हंसी की बूंदें हैं—ओस की बूंदों की तरह पत्तियों पर पड़ रही है; और वे आपस में शायद बतिया रहे हैं। दर्द अब थोड़ा कम है। शायद बुखार उतरा है। चाय की प्याली और मेरे पौधे। प्रकृति हमारे जीवन के लिए कितनी ज़रूरी है। कंक्रीट के जंगल में तब्दील होता अपना शहर ही कितना बेगाना लगने लगा है। देखते-देखते सारी गौरैया खो दी हमने। प्रकृति में बसी कितनी आवाजें चली गईं। वे रहस्यमय स्वर आज भी बुलाते हैं मुझे। बचपन में तितलियों के पीछे भागती हुई मैंने कितनी बार प्रकृति से बातें की हैं। धरती को कभी कान लगा कर सुना है आपने। जैसे धीमे-धीमे कोई संगीत बज रहा हो। बनकपास, चमेली के फूल, बेला, मोतिया मोगरा, मल्लिका, आर्किड फूल ये सारे फूल मुझे अब भी बुलाते हैं। जब तक ये फूल बुलाते रहेंगे पृथ्वी बची रहेगी और उसके रहस्यमय स्वर

भी। भोर के तारे के साथ मैंने उन्हें विदा किया। मैं प्रकृति के नए रंग को आसमान में खिलते देख रही हूं।

## किताबें...

किताबें सबसे ज्यादा साथ देती हैं जब आपको अपने अकेलेपन से लड़ना हो। हमने घर में लेटे-लेटे समय को इसी तरह जिया है। कविता और कहानियां पढ़ीं। मन उकताया तो टीवी पर फ़िल्म देखी। सड़कों पर रहने वाले लोगों को दिन-रात घर पर रहना सजा है। सड़कें बुलाती हैं। शाम को भीड़ से गुज़रते भीड़ के साथ खुले आसमान के नीचे चाय के स्वाद में आजादी का स्वाद और कहां मिलेगा। अब ठीक हो रही हूं। हर दिन पहले से बेहतर है। खालीपन आपको दुनिया के ज्यादा करीब लाता है। पढ़ने-लिखने का समय देता है। मुझे बस अपनी शाम को लोगों से भरना अच्छा लगता है। चायखाना सबसे मुफ़ीद जगह है। बेरोजगारों और नौजवानों से खचाखच भरा हुआ। पटना की सड़कें खासी बदसूरत हैं। पर उसमें जीने वाले लोग बेहद बेपरवाह और खुश मिज़ाज़। फुटपाथ की दुकानें रंगीन कपड़ों के थानों, रंगीन पेंसिलों, बैटरियों और कैसेट से भरी पड़ी हैं। बाजार का दबदबा इतना कि बाहर इतने शोर के बाबजूद माइक पर वे चिल्ला-चिल्ला कर समान बेचते रहते हैं। अपने कमरे में मैं यादों के पंख पर उड़ान भर रही हूं। पटना की पुरानी आलीशान इमारतों को कभी ठीक से निहारें तो पटना के इतिहास आपकी रगों में बहेगा। बड़े-बड़े छज्जों, कारीगरी से गढ़ी सुंदर मूर्तियां और पुराने पड़े भव्य महल को देखकर लगता है कि कभी ये शहर शांति, सुखी और रंगीन जीवन बिताया करता था। अब वे सब जा चुके हैं। रात की खामोशी में मैं अपने पुरखों की आवाज सुनती हूं। रात नैसर्गिक चुप्पी साधे गिरती जा रही है। सारी दुनिया जैसे अपने अतीत के सम्मोहन में पड़ी है। रौशनी के घेरे से रात को देखते हुए सोचती हूं हर रात की सुबह होती है। सुबह-सुबह रसखान को सुन रही हूं—

मानुष हूं तो वही 'रसखान' बसौं ब्रज गोकुल गांव के गवारन।
जो पशु हौं तो कहा बस मेरो चरों नित नंद की धेनु मझारन।
पाहन हौं तो वही गिरी को जो धरौं करछत्र पुरंदर कारन।
जो खग हों तो बसेरों करों नित कालिंदी कूल कदंब की डारन।

## खुदा से भक्ति...

पूजा, पाठ और भगवन या खुदा की भक्ति में मेरी कोई रुचि नहीं है। धर्म मेरे लिए इनसानों को जानने का जरिया है। धर्म के किसी आडंबर में मेरा यकीन नहीं है पर धर्म के सांस्कृतिक पक्ष मुझे हमेशा आकर्षित करते हैं। हिंदू देवी देवताओं में मुझे हमेशा से शिव और कृष्ण पसंद रहे हैं। शिव की छवि में मुझे आम आदमी का रूप दिखता है। बेपरवाह, दूसरों के दुःख में शामिल और सबके हिस्से के विष को पीने वाले शिव मुझे अपने लोक के भगवान लगते हैं। अपनी पत्नी से बेपनाह मुहब्बत करने वाले।

कहते हैं, शिव की बारात में भूत, पिसाच देखकर गौरी की मां बेहोश हो गईं ये सोचकर कि उस शिव के साथ अपनी बेटी को किस तरह भेजूं जिनके साथ भूत, पिसाच बसते हों। मिथिला के लोक गीतों में इस दृश्य का सुंदर वर्णन है। गौरी की मां मनाइन कहतीं हैं 'एडिपन, पुरहड़ चौमुख देल बुझायी गे माई, धिया लय मनाइन मंदिर बैसली, अब धिया रहती कुमारी गे माई।' मनाईन कहती हैं, 'भले ही मेरी बेटी कुंवारी रह जाए मैं शिव के साथ उसे नहीं भेजूंगी' औघड़ शिव के साथ रहने वाले ये भूत, पिसाच और कोई नहीं वे गरीब, दलित, आदिवासी और आमलोग ही हैं।

कृष्ण तो मुझे सबसे प्रिय लगते हैं। प्रेम की वर्जनाओं को तोड़ने वाले। राधा शादीशुदा है, मगर कृष्ण के इश्क में ऐसी दीवानी हुई कि लोग उसे पूजने लगे। महान अफसानानिगार इस्मत आपा भी कृष्ण के चरीत्र को बेहद पसंद करती थीं। वे कहतीं हैं, 'इतनी बागी और मुंहजोर आशिक की मिसाल कहीं

और नहीं मिलेगी। औरत तो दुनिया में महबूबा बनाकर भेजी गई। ब्याही राधा अपने पति की नहीं, कृष्ण की है।' वे कहती हैं, 'राधा के शौहर का नाम दुनिया को याद नहीं, हां उसके महबूब का नाम दुनिया जानती है।' आज के दौर में कोई औरत प्रेम में पड़ जाए तो दुनिया उसे जीने नहीं देगी। या तो उसे मरना होगा या समाज का बहिष्कार सहना होगा। कृष्ण सिर्फ अपने ही प्यार को सम्मान नहीं देते बल्कि सभी प्रेमी दिलों को वे नैतिक रूप से समर्थन देते हैं। जब अर्जुन कृष्ण की बहन पर आशिक होते हैं तो अपनी बहन को भगाने में कृष्ण अर्जुन का साथ देते हैं। धर्म को मानने वालों को कृष्ण से सीखना चाहिए कि प्रेम लव-जेहाद नहीं है। कोई प्रेम अनैतिक नहीं होता कि उस नाम पर प्रेम करने वालों की हत्या कर दो। कृष्ण का प्रेम बांधता नहीं है, मुक्त करता है। कृष्ण ने बंसी बजाई और राधा खिंची चली आई। दुनिया की कोई ताकत उसे रोक नहीं सकी। इस्मत आपा कहती हैं, 'ऐसी आजादी की मिसाल किसी मुल्क, किसी मज़हब में नहीं मिलती। इन दिनों प्रेम पर ही सबसे ज्यादा खतरा है। आप मनुष्य हैं तो प्रेम करना आपका स्वाभाविक गुण है। जाति, धर्म, भाषा, सरहद की दीवारों से ऊपर है प्रेम। जो लोग कृष्ण के जन्म की खुशियां मना रहे हैं। जन्माष्टमी मना रहे हैं उन्हें कृष्ण के प्रेम की तरह व्यापक और विशाल हृदय होना होगा।' तवारीख उठा कर देखें बादशाहों, नवाब, राजा से लेकर आम आदमी ने प्रेम में पड़ी औरत को वह दर्जा कभी नहीं दिया जो दर्ज़ा हमें कृष्ण और राधा के चरित्र में मिलता है। कृष्ण का प्रेम औरत की आजादी, बराबरी को मानता है। उसने सेक्स को पवित्र माना और उसे धर्म का दर्ज़ा दिया। ये साहस कितनों में है। आज अगर हम सब अपने-अपने धर्म पर यकीन करते हैं, उसकी पूजा करतें हैं तो धर्म के मूल विचार को आत्मसात करना चाहिए। किसी भी धर्म के मूल में प्रेम सबसे ऊंचा भाव है। अगर हम मानुष बने रहना चाहते हैं तो प्रेम के मूल स्वर को जिंदा रहना होगा।

एक कथाकार की डायरी-1

# किसान के हक़ में

## सिंघु बॉर्डर से

संघर्ष कोई शब्द है तो किसानों के आंदोलन को देखना चाहिए। किस तरह वे ठंडे आसमान के नीचे सड़कों पर बुल्लेशाह को गाते हैं। मैं उनकी आंखों में देश के खेत-खलिहान देख पा रही हूं। मैं देख रही हूं मां और उस नन्हे बच्चे को जो सर्द रात में पुआल की गर्मी से खुद को ठंड से बचा पा रही हैं। 84 साल की उम्र में वे अपने वाहे गुरु को याद करते हुए कहते हैं—बिटिया हक़ ले कर जाएंगे। लोग उन्हें करतार सिंह के नाम से जानते हैं। अमृतसर से आएं हैं और 55 दिनों से सड़कों पर संघर्ष कर रहे हैं। 5 साल के बच्चे सोनू से मिलती हूं। हाथों में तख्तियां लिए नारा लगाता है। मैं पूछती हूं बच्चे तुम क्यों आए यहां? हक़ के लिए! मैं देखती हूं उसे। इस उम्र में वह हक़ के मायने जान गया है। मैं फिर पूछती हूं कौन सा हक़? बच्चा हंसता है और मेरी आंखों में आंखें डाल कहता है—रोटी का हक़। मेरी आंखें नम हैं। सोचती हूं आजादी के आंदोलन के बाद जो आंदोलन इतिहास में दर्ज होगा और लोग जिसे याद करेंगे, वह होगा किसानों का आंदोलन। लोग जानेंगे तानाशाह के सामने वे झुके नहीं। वे जानेंगे कैसे अपनी मिट्टी से मुहब्बत करने वाली कौम जिंदा है।

वे खेतों से मुहब्बत करते हैं, वे रोटी से मुहब्बत करते हैं और पूरे देश को रोटी खिलाते हैं। उनकी आवाज आपके दिल को छूती है और तानाशाह की नींद हराम करती है। अगर आपको देश की आजादी, स्वाधीनता और जनतंत्र के सही मायने जानने हों तो आप किसानों के आंदोलन को देखें, समझे। मुझे उनकी शक्ल में अपना खेत, फसल और अपनी मिट्टी की खुशबू मिलती है। भगत सिंह, अशफ़ाक़ उल्ला ख़ां उनके बीच मौजूद हैं। गुरु नानक, गांधी, बुल्लेशाह मौजूद हैं। वे जानते हैं लड़ाई आसान नहीं है। वे जानते हैं अपनी फसलों का मोल। वे समझते हैं कैसे इस देश के किसानों

को अंबानी, अडानी के हाथों बेचने की पूरी तैयारी है। मैं उनके बीच हूं और नारों की गूंज से धरती हिल रही है...।

## गाज़ीपुर बॉर्डर से

मीलों तक सड़कें फैली हैं। हमने गाज़ीपुर बॉर्डर से करीब एक किलोमीटर पहले गाड़ी छोड़ दी। पुलिस बैरीकेड लगा है। वहां से पैदल मंच तक जाने के लिए रास्ता सीधा है। इस रास्ते पर कई बार आए हैं पर इस बार का दृश्य आंखों में बस गया है। सर्द हवा की तेज़ लहर मेरे कपड़े को भेदकर मुझ तक पहुंच रही है। मैंने कस कर गर्म शॉल अपने चारों तरफ लपेट लिया है। खुली सड़क पर लोग बैठे हैं। कई रंगकर्मियों की टोली किसान आंदोलन के समर्थन में पहुंची हुई हैं। खचाखच भरे चाय और रोटी की लंगर जगह-जगह लगे हैं। मैं उनसे बात करने की कोशिश करती हूं। 22 साल का एक नौजवान है उसके साथ कई साथी हैं। वे सब लंगर की तैयारियां कर रहे हैं। रात के भोजन के लिए सब्जियां और अलाव पर रोटियां सेंकी जाएंगी। हर रोज हजारों लोग लंगर में खाते हैं। आस पास मजदूरों की बस्तियां हैं। वे सब लंगर में ही खाते हैं। तोंद वाला पुलिस भी वही खाकर गया है। कई पुलिस वाले वहां जमे हुए हैं। मैंने उस नौजवान से पूछा कब से यहां हैं आप? माफ़ कीजिएगा, क्या पूछा आपने? मैंने सवाल दुहराया। अब तो बहुत दिन हो गए यहां। आपकी पढ़ाई को नुकसान नहीं हो रहा है? हमारे खेत ही नहीं रहेंगे तो पढ़ूंगा कहां से? हमारे घर में सब किसान हैं। हमारी रोज़ी-रोटी का वही जरिया है। पिछले दो दिनों से काफी ठंड पड़ रही है। किसान यहां से शहर की तरफ न जा सकें इसलिए पूरा इलाका पुलिस छावनी में बदल गया है। बाहरी दुनिया से इनका पूरी तरह संपर्क काट दिया गया है। सड़कों को पार करते हुए मैं स्टेज़ के पास हूं। 1960 के दशक में कुछ गानों पर किसानों के सवाल पर गीत गाए जा रहे हैं। जोशीले गीत और नारे से सड़क गूंज रही है। एक प्यारी

सी नौजवान लड़की गा रही है। उसका सुनहरा गोरा रंग उसकी चमकती हुई अपनेपन से भरी, खुली निगाह जैसे आत्मा को रंग देगी। वह गा रही है, शब्द भीग रहे हैं। फैज़ साहब की नज़्म तानाशाह को चुनौती दे रही है—

बोल कि लब आज़ाद हैं तेरे
बोल ज़ुबां अब तक तेरी है
तेरा सुतवां जिस्म है तेरा
बोल कि जां अब तक तेरी है
देख के आहंगर की दुकां में
तुंद हैं शोले सुर्ख़ है आहन
खुलने लगे क़ुफ़्फ़लों के दहाने
फैला हर एक ज़ंजीर का दामन
बोल ये थोड़ा वक़्त बहोत है
जिस्म-ओ-ज़ुबां की मौत से पहले
बोल कि सच ज़िंदा है अब तक
बोल जो कुछ कहने है कह ले

सांस्कृतिक आयोजन खत्म हुआ। अलग-अलग संगठन के लोग किसानों के साथ मिल रहे हैं। अपना समर्थन दे रहे हैं। पंजाब के बड़े गायकों की टीम पहुंची हुई है।

बाबा फरीद और बुल्लेशाह के गीत गाए जा रहे हैं। धूप अब उतर रही है। हवा के साथ सूरज की किरणें हल्की आभा बिखेर रही हैं। एक बुजुर्ग अपने तंबू में बैठे हैं। आप कब तक रहेंगे यहां बाबा? बिटिया वाहे गुरु जब तक रखे। उन्होंने कभी इतना बड़ा इम्तहान नहीं लिया था। हम तो तब तक नहीं जाएंगे जब तक तीनों कानून रद्द नहीं होगा। अगर रद्द नहीं हुआ तो? तो यही मर जाएंगे। वापस नहीं जाएंगे। करतार सिंह का वादा है बिटिया। अंग्रेज़ गए तो इस सरकार को भी जाना होगा। हम दूसरी आजादी की लड़ाई लड रहे हैं।

मैं 80 साल के बाबा करतार सिंह को सलाम करती हूं। उनकी उम्मीद

को सलाम करती हूं।

बाहर निकल कर गाड़ी में बैठ गई। खिड़की के बाहर तेज़ हवा और धुंध में उठते हुए धुएं की पतली, थरथराती लकीरों को देख रही हूं। दूर तक नारे गूंज रहे हैं और मेरी आंखें भीग रही हैं।

## पिता के लिए

13 अक्टूबर

पिता जन्म लेते हैं ये बात कभी दिमाग में आती नहीं। पिता का जन्मना किसी नवजात शिशु का जन्मना है।

आज के दिन पापा जन्मे थे ये उनके कागजात से पता चला जो नौकरी के समय उन्होंने दिया था। उन्हें अपना जन्मदिन मनाना पसंद नहीं है। उन्हें अपने जन्म की तारीख भी नहीं पता। दादी सिर्फ कहती थी जिस साल भूकंप आया था 'फूलो' का जन्म हुआ। पापा को इसी नाम से दादी बुलाती थीं। पापा को घर के लोग अलग-अलग नाम से बुलाते हैं। सभी नाम प्रेम के रस में डूबा है। 'फूलो' दादी, काका और बुआ को बुलाते सुना। बड़ी काकी अक्सर गोसाईं कहकर बुलाती हैं। दोस्त उन्हें नीतिरंजन कहकर बुलाते हैं। मां पापा को तो कभी एक-दूसरे का नाम लेकर बुलाते सुना नहीं। सुनय छी, आबय छी। यही उनके बीच का संबोधन है। आज तक इसी तरह बुलाते हैं दोनों एक-दूसरे को।

हम बचपन में हंसते थे कि दादी को अपने बच्चे के जन्म की तारीख नहीं मालूम। पहले लोग अपने जीवन की खुशी और दुख को इसी तरह जोड़ कर याद करते थे। इस साल भूकंप आया तो बच्चे का जन्म हुआ या किसी साल बाढ़ में सब डूब गया, या अकाल आया, या उस साल किसी की गाय मर गई या उस साल बसंत में जब उसका गौना हुआ या जिस साल अड़हुल फूल खूब खिला।

सोचती हूं लोगों की स्मृतियों में प्राकृतिक आपदाएं किस तरह बसी रहती हैं। उससे कितना गहरा संबंध रहता था। शायद इसलिए लोग अपने जीवन की ज़रूरी बातों को आपदाओं से जोड़ कर देखते थे। इस नए समय में हम किस तरह किसी को याद रखेंगे। मुझे अगर याद रखना हो तो मैं बुरी यादों को याद नहीं रखना चाहूंगी। पर मुझे पाब्लो नेरुदा की कविता याद रहेगी।

'याद करता हूं तुम्हें, जैसे तुम थी पिछले पतझड़ में,
भूरी किसानी टोपी पहने,
और हृदय था शांत
तुम्हारी आंखों में जूझती थी गोधूलि की दीप्ति
और झरते थे पत्ते तुम्हारी आत्मा के जल से'

आज पापा 85 साल के हो गए। उम्र के इस पड़ाव पर भी वे बेहद सक्रिय हैं। दुनिया की चिंता करते हैं। दुनिया की बेहतरी के लिए लड़ते-भिड़ते हैं।

उनका साथ मेरे लिए किसी पहाड़ी नदी की तरह है, हम वादियों से गुज़रे, झील को निहारा दरख़्त को सींचा हमने। इस घुमावदार और रोमांचक सफर में वे हमेशा साथ बने रहे। मैं कामना करती हूं वे हमेशा हमारे जीवन में बने रहें। उनकी मुहब्बत से दुनिया भीगती रहे। जन्मदिन मुबारक हो पापा!

## अंबेडकर को पढ़ते हुए

मैं ट्रेन में हूं और अंबेडकर को पढ़ रही हूं। उनको पढ़ते हुए लगता है कि हर स्त्री को उन्हें पढ़ना चाहिए। स्त्रियों की आजादी, विचार और समाज में उनकी जगह को जिस तरह से उन्होंने समझा और उनके लिए संघर्ष किया उसे जानने की जरूरत है। स्त्री मुक्ति का स्वपन सिर्फ देखना ही काफी नहीं है। ये जानना होगा कि समाज में उनकी जगह क्या रही है। क्यों उनके साथ गुलामों की तरह सलूक किया गया। इतिहास में उनकी क्या जगह थी और

वे कौन से विचार हैं जो स्त्रियों को उनका अधिकार नहीं देते। अंबेडकर ने स्त्रियों की पराधीनता और जाति बंधन की कठोरता के इतिहास को एक साथ जोड़ कर देखा। वे कहते हैं, ब्राह्मणवादी वर्चस्व को स्थापित करने के लिए वर्ण व्यवस्था को मजबूत करना जरूरी था। और स्त्री के अधिकारों और उसकी आजादी पर प्रतिबंध लगाए बिना जाति व्यवस्था को कड़ाई से लागू करना मुमकिन नहीं था। वर्ण व्यवस्था का निर्धारण सजातीय विवाह से होता है। अंबेडकर कहते हैं, सजातीय विवाह व्यवस्था ही 'वर्ण' से 'जाति' में परिवर्तित होता है। वैदिक हिंदू धर्म में वर्ण व्यवस्था तो थी पर इतनी कठोर नहीं थी। विभिन्न वर्णों में परस्पर आवाजाही थी। ऐसे कई प्रमाण मिलते हैं जिसमें शूद्र वेद का अध्ययन करते हैं। कुछ शूद्र को ऋषि का दर्जा मिला हुआ था। उसी तरह स्त्रियों को भी वेद मंत्र पाठ करने का अधिकार था। वे गुरुकुल में जाती थीं और वेदों का अध्ययन करती थीं। वे मीमांसा में प्रवीण होती थीं। जनक और सुलभ, याज्ञवाल्क्य और मैत्रेयी तथा शंकराचार्य और विद्याधरी के बीच शास्त्रार्थ से ये साबित होता है कि मनु के पूर्व महिलाएं शिक्षा और ज्ञान की उच्च शिखर पर थीं। अंबेडकर कहते हैं शूद्रों और स्त्रियों की स्थितियों में सबसे ज्यादा सुधार बुद्ध धर्म के समय में हुआ। बौद्ध धर्म के उदय के पहले हिंदू धर्म में ब्राह्मणों के वर्चस्व के कारण महिलाओं और शूद्रों की हालत बहुत बुरी थी। ब्राह्मणवाद को सबसे ज्यादा खतरा बौद्ध धर्म से था। ब्राह्मणवाद को स्थापित करने के लिए 'मनुस्मृती' को स्वीकार किया गया। शूद्र स्त्रियों के बारे में जितनी घृणा से लिखा गया मनुस्मृति में कि आज भी विचारों के स्तर पर एक तबका उनके साथ वैसा ही सलूक करता है। मनु शूद्र स्त्रियों के बारे में कहते हैं—वह अशुद्ध है जैसे शुक्र या मूत्र। मनुस्मृति में महिलाओं के लिए कठोर और अमानवीय नियम बनाए गए। यहां तक कहा गया कि पिता को अपनी बेटियों का ब्याह कर देना चाहिए चाहे वह बच्ची ही हो और गर्भधारण करने योग्य नहीं हो। विधवाओं के बारे में कहते हैं उसे अपने पति के निधन के बाद किसी दूसरे पुरुष का नाम भी नहीं लेना चाहिए। इस तरह की तमाम व्याख्या स्त्रियों के जीवन को नरक बनाती हैं।

उनकी मानवीय गरिमा छीन लेती हैं। दुखद है कि आज भी हमारा समाज दलित और स्त्रियों के प्रति काफी क्रूर और संवेदनहीन है। अंबेडकर को पढ़ते हुए सामाजिक विभेद और गैर बराबरी को समझना और भी आसान है। मैं सभी से अपील करती हूं अगर दुनिया को जानना हो, गैर-बराबरी को समझना हो तो अंबेडकर को ज़रूर पढ़ें।

# एक कथाकार की डायरी-2

मेरी जिंदगी की सबसे हसीन सुबह थी। मेरे मन के आकाश में फूल खिल रहे थे। गहरे दर्द में भी मेरी नज़र खिड़की के बाहर बोगन बेलिया की शाखों पर थी। लाल-लाल फूल दमक रहे थे। मेरे ज़ेहन में मेरा बच्चा था। होश भी आया तो मेरी बांहों में पड़े नर्म फाहे की तरह मासूम बच्चा पड़ा था। मेरे भीतर प्यार का झरना फूट पड़ा। ये मेरा है। मेरे रक्त से सींचा हुआ। मेरे भीतर जो बीज़ बोया गया उसकी शाखें फूट पड़ी थी। बाहर बोगन बेलिया खिल रहा था, मेरी बांहों में मेरा बच्चा। मैंने पहला सवाल यही किया था कैसा है नाक नक्श? घुंघराले काले घने बाल, भरे-भरे गाल और अधखुली आंखों से जो निहार रहा था वह मेरा था। उन लम्हों को मैं हमेशा अपने भीतर रखती हूं। उसका आना दोनों परिवार के लिए खुदा की नेमत थी। मां के हाथ ईश्वर के सामने झुके थे और भाभी के हाथ अल्लाह का शुक्रिया अदा कर रहे थे। हम दोनों खुशी से निहार रहे थे अपने नन्हे फरिश्ते को। ये दो परिवार का मिलन था। खुदा और भगवान मिल रहे थे, दो साझा संस्कृति मिल रही थीं। यहां कोई झगड़ा नहीं था। एक इनसान का बच्चा पैदा हुआ। ईश्वर और अल्लाह ने हाथ मिलाया। सोचती हूं जब भगवान के घर में भेद नहीं तो फिर वे कौन लोग हैं जो रिश्तों को नफ़रत में बदल रहे हैं। मेरे बच्चे ने आंखें खोलीं। तेज चमकती सुंदर आंखों के उजाले में दुनिया दमक रही थी। सजदा में झुके

हाथ और भगवान से प्रार्थना करने वाले हाथ यही कह रहे थे—दुनिया के हर बच्चे की आंखों में यही उजाला चमकता रहे। क्या ये बात नफ़रत की आंधी को खत्म नहीं करती। मैं जानती हूं कुछ लोग हैं जो ज़हर बो रहे हैं। उन्हें जाति से, धर्म से नफ़रत है। जो खुद को श्रेष्ठ साबित करने में लगे हैं। जो लोगों की पहचान उसके नाम में लगे जाति से करते हैं। मुझे अपने बच्चे का नाम रखना था। मेरे ज़ेहन में नामों की लंबी फेहरिस्त थी। नामों की ये लगन रोज़-ब-रोज़ बढ़ती जा रही थी। ऐसा नाम जो मेरे बच्चे को जाति और धर्म से बचा ले। एक इनसानी नाम। जिसे पुकारते हुए आप रूमानी हो जाएं। हम मुहब्बत वाले लोग हैं। जिंदगी ने सिर्फ मुहब्बत करना सिखाया। उन दिनों हम और शकील महान कवि पुश्किन को पढ़ रहे थे। वे रूसी भाषा के छायावादी कवियों में से एक थे। जिनकी जिंदगी की शुरुआत और अंत प्रेम की वजह से हुई। जिनके भीतर दो संस्कृति बह रही थी। जिनकी कविता दुनिया की महान प्रेम कविता मानी गई। हम दोनों उनकी कविताओं में भीग रहे थे। हमें लगा मुहब्बत का इससे सुंदर बयान कुछ नहीं होगा। हमनें अपने बच्चे का नाम रखा 'पुश्किन'। आज ये सब बातें क्यों कह रही हूं। जब भी देश के भीतर नफ़रत की आंधी आती है मुझे लगता है ये बातें ही हमें बचा सकती है। ये बातें दुनिया को जाननी ही चाहिए कि हम मुहब्बत से ही इस पूरी कायनात को बचा सकते हैं। हिंसा और घृणा से नहीं। लालच हमें खत्म कर देगी और हिंसा हमारी आत्मा को मार देगी। मैंने नफ़रत को झेला है। देखा है दिल में दरार पड़ते हुए। खून में डूबा कच्चा जख्म जो कभी भरता नहीं। जिंदगी को उजाड़ और बंजर ज़मीन में बदलते हुए देखा है।

बावजूद इसके जिंदगी बहते हुए झरने की तरह है। पूनम की चांद की तरह। पुश्किन की प्रेम कविता की तरह ये दुनिया है—

> निशा-बादलों की पहाड़ी पर चढ़ता है
> और उदास वन-प्रांतर में
> अपना धूसर प्रकाश फैलाता है।

## अब के बसंत

सफ़ेद सूनी सड़कों पर
जाड़े के अनंत विस्तार में
मेरी त्रोइका भागी जाती है,
और उसकी घंटियां उनींदी,
थकी-थकी बजती चलती हैं।

कोचवान अपने असमाप्य गीतों में
बहुत कुछ मुझसे कहता है,
कभी एक शिकायत, कभी एक तड़प,
कभी एक अलमस्त तरंग...

सब ओर बर्फ़ और कुछ भी नहीं,
कोई रोशनी नहीं जो आंखों को सुख दे,
मील के खंभे भागते आते हैं मुझसे मिलने,
अभिवादन कर बेपरवाह बगल से गुज़र जाते हैं

पर, मेरी नीना, कल
आतिशदान की सुखद लपटों के पास
मैं अपनी उदासी, अपना दुख,
अपनी थकन तुम्हारी आंखों में भुला दूंगा।
घड़ी अपना समय-पथ
पार करती रहेगी
पर अर्द्धरात्रि की उसकी पुकार से
तुम और मैं अलग नहीं होंगे।

अभी तो पर उदास हूं मैं... रात्रि
खेत, जंगल को अपने आगोश में ले रही है

चांद धूमिल हो रहा है...
अपनी जगह पर कोचवान ऊंघ रहा है,
और बर्फ़ में राह लंबी और लंबी
खिंचती जा रही है।

## बेटे की याद में...

जब से गए हो अजीब सी रंगत है। दिल बहलता नहीं। जानती तो थी तुम्हें जाना है। पर कभी सोचा नहीं था तुम्हारे बिना इतना खाली होगा मन। कोरोना ने जितना भी बुरा हाल किया इस दुनिया का पर उसने तुम्हारा वक्त मुझे दे दिया। हर मां का दिल बच्चे के लिए तरसता है। 5 महीने गुजर गए तुम्हारे साथ। अस्पताल से घर तक संभाल दिया तुमने। तुम अकसर लड़ते थे ये कहते हुए कि 'तुम और बाबा मेरा कमरा कब्ज़ा किए रहती हो।' कभी-कभी मुझे मेरा कमरा दे दो। मैं हंसती थी। सोचती हूं वर्जीनिया वुल्फ़ होती तो अपनी किताब 'अपना कमरा' उन्हें फिर लिखना पड़ता। नई अवधारणा के साथ। मैं और तुम्हारे बाबा अक्सर खाली समय में तुम्हारे पास ही रहना चाहते थे। बच्चों के पास रहने का अहसास ही काफी है। बातें बहुत होती नहीं थीं पर तुम्हारा होना मुझे भर देता था। तुम्हारी हर चीज वैसी ही पड़ी है। तुम्हारा गिटार जैसे धीमे-धीमे बजता रहता है। तुम जो परफ्यूम लगाते थे, कमरे में उसकी महक बची हुई है। मैं उसे संभाल कर रखतीं हूं। कभी उन्हें लगाती हूं तो मुझे लगता कि मैं तुम्हें छू रही हूं। बच्चे तो मां की रगों में बहते हैं। जुदाई जिंदगी का सच है। पर मैं इससे डरती नहीं। तुम जो मेरे पास होते हो। जब ज़रा गर्दन झुका ली देख ली तस्वीर-ए-यार। ये इसलिए कह रही हूं कि बच्चे जब बड़े हो जाते हैं तो वे दोस्त हो जाते हैं। जिंदगी की कितनी बातें, कितने दुख, कितने स्वप्न साझा किए हैं हमने। अपनी बीमारी के दौरान जब अकेलेपन से घबरा गई थी तुमने संभाला। अस्पताल

में रोज़ तुम्हारा मेसेज आता मां तुम ठीक हो ना। मैं जगा हूं। कभी कुछ बुरा लगे मुझे कहना। तुम्हारा ये भरोसा ही तो मुझे वापस ले आया मेरे बच्चे। मेरा इतना भावुक होना भी शायद तुम्हें अच्छा नहीं लगे। पर दुख को बहने दो। फिर देखना तुम्हारी मां कितनी सख्त दिल होती है। फिर से सड़कों पर फिरती रहेगी, नारे लगाएगी, अपनी सांसों में भर लेगी ताज़ा हवा। इंकलाब के सपने आंखों में जो भर लिया है उसने।

## बेटे के नाम पाती....

तुमको गए हुए अभी चंद लम्हे ही बीते हैं। आदतन तुम्हारे कमरे में आई हूं। कमरा वैसा ही है जैसा तुम छोड़ कर गए हो। चादर की सलवटें जैसे कह रही हैं कि तुम अभी-अभी उठे हो। कमरे के कोने में तुम्हारा गिटार पड़ा है, मुझे अहसास हो रहा है जैसे तुम कोई धुन बजा रहे हो, उंगलियों के निशान पड़े हैं। किताबें बिखरी पड़ी हैं। बाबा ने जो किताब तुम्हें लाकर दिया था 'दुनिया की 50 महान कहानियों का संकलन' उस किताब के पन्ने मुड़े हैं जैसे तुमने अभी-अभी कोई कहानी ख़त्म की हो। तुम्हारे अलमारी में कुछ कपड़े पड़े हुए हैं, उन कपड़ों की खुशबू में तुमको ढूंढ रही हूं। कल इसी समय तुम मुझ से कोसो मील दूर चले जाओगे। जानती हूं तुम्हारा जाना नया नहीं है। पर हर बार तुम्हारे जाने का दुख नया होता है। अजीब से खालीपन से घिर जाती हूं। तुम जानते हो मेरी जिंदगी में खालीपन के लिए जगह नहीं है। हर रोज़ के संघर्ष में जिंदगी का बड़ा हिस्सा सड़कों पर, लोगों के बीच गुज़र जाता है। सोचती हूं दुनिया से लड़ने-भिड़ने वाली महिला अपने बच्चे के दूर जाने से क्यों घबराती है? क्यों फौलाद से फौलाद मां का दिल मेमने की तरह होता है।

तुम खूब दिल लगाकर पढ़ना। दुनिया को देखना और जानना। जानना कि वहां की संस्कृति और सभ्यता ने इनसानी जिंदगी को क्या कुछ दिया।

तुम जहां जा रहे हो सुना है, वह खूबसूरत शहर है। पहाड़ों और नदियों से घिरा हुआ मॉन्ट्रियल कनाडा का एक शहर है। क्यूबेक प्रांत का सबसे बड़ा शहर मॉन्ट्रियल (Montreal) की आबादी करीब 38 लाख) है। यह शहर कनाडा का दूसरा सबसे बड़ा शहर है। सबसे खास बात है कि उस देश की भाषा अंग्रेजी होते हुए भी कनाडा के उस क्षेत्र में फ्रांसीसी का ही बोलबाला है। वहां मिली-जुली संस्कृति है। किसी देश की सबसे खास बात होती है वहां की सांस्कृतिक चेतना। मैं जानती हूं तुमने अपने देश की सांस्कृतिक बहुलता को जिया है इसलिए तुम्हें मुश्किल नहीं होगी। जिंदगी छोटी होती है और कला बहुत बड़ी। कला की अवधि का अंत नहीं होता। इसलिए मैं तुम्हें सलाह दूंगी जब भी वक़्त मिले तुम ये जानने की कोशिश करना कि वे लोग किस तरह जीते हैं, किस तरह प्रेम करते हैं। वे अपनी भाषा और साझा सांस्कृतिक चेतना को किस तरह बनाए हुए हैं, उनकी साझी विरासत का राज क्या है?

मैंने अपने देश की सांझी विरासत को टूटते-बिखरते हुए देखा है। मैं जानती हूं कि जब किसी देश की महान परंपरा पर हमले होते हैं तो सिर्फ देश नहीं टूटता हमारी साझा संस्कृति टूटती है। मेरे बच्चे तुम उस देश की साझा संस्कृति की मिठास ले कर आना। तुम आना उन मूल्यों के साथ जिसमें मनुष्य की पहचान उसकी जाति, धर्म नहीं हो। उसकी पहचान उनकी अपनी साझा विरासत हो, मनुष्यता को बचाए जाने की जद्दोजहद हो।

मेरे बच्चे तुम्हारी सलामती की दुआ करती हूं। रात गहरी है, जर्द पत्ते हवा में उड़ रहे हैं। मैं खिड़की के बाहर धीमे–धीमे झरती बूंदों को देख रही हूं। तुम्हारे बचपन की यादों में गुम हूं। याद है ऐसी ही किसी रात में तुमने पूछा था— मां पत्ते क्यों हिलते हैं, हवा क्यों बहती है। मैं हैरान थी नन्हे दिमाग में कितने सवाल हैं! मैं चिर प्रतीक्षित स्मृति लहरियों में बह रही हूं। तुम खुश रहना मेरे बच्चे! खुश रहना!

## मेरे पुश्किन

आज तुम्हारा जन्मदिन है और हम साथ नहीं हैं। तुमसे जुड़ी हर बात याद आती है। जैसे वह कल की बात हो। जैसे मेरी गोद में हजारों सूरज खिल आएं हों। मेरी आंखें उसकी रौशनी में दुनिया को देख रही है। निगाहें टिकी हैं तुम पर। कितने घने हैं तुम्हारे बाल। रूई के फाहे से तुम। आखिर तुम इस दुनिया में आए। मैंने अपनी आंखें खोली और मुहब्बत के चेहरे पर निगाह की।

यकीन नहीं हो रहा है मैंने इतने सुंदर बच्चे को जन्म दिया। ये कोई नन्हा फरिश्ता है। मुझे लगा मैं ज़मीन हूं और अपने भीतर से कीमती खज़ाने का दफिना बाहर उगल दिया। मैंने अपने बच्चे के खिलते गुलाब-सी देह को अपने सीने में छुपा लिया।

जिंदगी को गुजरते देर कहां लगती। देखते-देखते तुमनें 29 वसंत पूरे कर लिए। तुम्हें मुबारक हो मेरे बच्चे। तुम इतनी दूर हो और हम यादों में लिपटे पड़े हैं। तुम आए तो जिंदगी के रंग खिले। तुम आए तो फ़ैज़ याद आए-

वह फूल सी खिलती हुई दीदार की साअत
वह दिल सा धड़कता हुआ उम्मीद का हंगामा

कई बार हम दोनों फ़ैज़ को सुनते। तुम्हें पाकिस्तानी गायिका मीसा सफी बेहद पसंद है। जब वह फ़ैज़ साहब की नज़्म 'दश्त-ए-तन्हाई में ऐ जान-ए-जहां लरज़ा हैं तेरी आवाज़ के साये' गाती है तो हम दोनों का दिल धड़कता है। पर मैं कहती हमारी इकबाल बानों का जवाब नहीं। मुझे अच्छा लगता है, जब कला के प्रति तुम्हारी गहरी रुचि देखती हूं। दुनिया को जानने और समझने का ये बड़ा जरिया है। कला आपको खोलती है, उदार बनाती है। फ़ैज़, गालिब, पाश, पाब्लो नेरुदा जैसे तमाम लोग अगर नई पीढ़ी के पास रहेंगे तो यकीनन उनकी दुनिया में मुहब्बत और संघर्ष शामिल रहेंगे।

तुम्हारे जरिए मैं अपनी नई पीढ़ी तो समझ पाती हूं। मुझे लगता है कि हर पीढ़ी अपनी पुरानी पीढ़ी से ज्यादा समझदार और बेहतर होती है। पर बेहतर होने के लिए ये ज़रूरी है कि हम दुनिया को बेहतर बनाएं। हिंसा के

खिलाफ बोलें, बराबरी के लिए आवाज दें। जाति और धर्म के नाम पर जारी विभेद का विरोध करें। मुझे खुशी है कि तुम्हारे भीतर दुनिया को समझने और प्यार करने की दृष्टि है।

देश में जब चारों तरफ नफ़रत को सुलगती देखती हूं, महिलाओं के प्रति हिंसा देखती हूं, धर्म के आधार पर मनुष्य की गरिमा को टूटते देखती हूं तो दुख होता है। सोचती हूं वह कौन सा जरिया होगा जब हम मनुष्यता को सबसे ऊपर रखेंगे।

मुझे तुम सब पर भरोसा होता है। मैं जानती हूं इस लहूलुहान ज़मीन पर भी फूल उगाने का सपना बचा रहेगा। चांद रात में पलाश के फूल दहकेंगे। तुम कहोगे मां हर रोज़ बातें करती है, फिर भी खत लिखती है। हां मेरे बेटे! मैं कामना करती हूं हर मां और बेटे के पास शब्दों का भंडार हो। ये शब्द ही है जो बचे रहेंगे।

मैं जब नहीं रहूंगी तो शब्द साथ रहेंगे। शब्दों की दुनिया में प्यार बरसता रहे। जिंदगी मुहब्बत करती रहे तुमसे। तुम्हारे सपने जवान बने रहें। आमीन!

तुम्हारी मां

**मां...**

हमारे समय में 'मदर्स डे' नहीं था। मां थी हमेशा साथ। अब भी है। जब ये दिन बाज़ार में आया तब भी मां है हमारे साथ। हम सब ये कामना करें दुनिया की हर मां अपने बच्चों को आजादी और भय मुक्त समाज में बड़ा करे और बच्चे अपनी मां को पूरा सम्मान दें। उनकी देखभाल करें। तभी ये दुनिया जीने के लायक होगी। मैं उन लोगों में से हूं जिसने आजादी का स्वाद चखा, जिसने जिंदगी अपने रंग में जिया जिसने दुनिया को सुंदर और रहमदिल बनाने का सपना देखा। ये सपना मेरे भीतर मेरी मां से आया। मेरी आजादी का बीज उसने बोया। उसने मुझे तूफानों से लड़ने-भिड़ने की ताकत दी। अपने पुराने

संस्कारों को उसने तोड़ा और अपनी बच्चियों की जिंदगी में खुली हवा आने दिया। किताबों की लत और मुहब्बत के साथ जीने की कला उससे ही सीखा। वह हमख्याल नहीं थी फिर भी जब हम अपने घरों में दोस्तों से बहस करते, दुनिया को बदलने का सपना देखते तो वह खामोशी से हमारा साथ देती। जब हम नाटक करते तो मां हमें जाने देती थी। हमारे नाटक के साथी घर आते, रिहर्सल होता। बहसें होती मां साथ होतीं। जब सारे दोस्त भूखे प्यासे पहुंच जाते तो चेहरे पर बिना किसी शिकन के मां अन्नपूर्णा बन जाती। जब हम छात्र आंदोलन से जुड़े तो उसने कभी विरोध नहीं किया। एक बार पटना में इंदिरा गांधी की जनसभा हुई। ये शायद 82-84 की बात है। मुझे ठीक-ठीक याद नहीं। हम लोग छात्रों के सवाल पर इंदिरा सरकार से नाराज थे। ये तय हुआ कि उनका विरोध करना है। गांधी मैदान में जनसभा थी। उन्हें काला झंडा दिखाना था। ये मेरी जिम्मेदारी थी। मेरी उम्र मुश्किल से 17-18 साल होगी। मैंने लाल रंग के बैग में काला झंडा डाला और पहुंच गई जनसभा के अगली पांत में। जैसे ही उन्होंने पहला संबोधन किया हमने काला झंडा लहरा दिया। 'गो बैक इंदिरा गांधी के नारे लगाए' इतना कहना था कि पुलिस ने मुझे दबोच लिया औऱ जमकर मादा गालियां दीं और पीटा। मुझे गिरफ्तार कर लिया गया। उन दिनों पापा पटना से बाहर गए थे। मां को पता चला तो उसके हाथ, पांव ठंडे हो गए। उसने खुद को संभाला और जेल में मिलने आई। उसने मुझे कुछ नहीं कहा। दूसरे दिन अख़बारों के हेड लाइन भरे हुए थे। इंदिरा गांधी का छात्रों ने विरोध किया। मेरा नाम छप गया। मां को लोगों ने खूब सुनाया। पापा को भी पुलिस प्रशासन से फोन गया। उन्होंने कहा-मेरी बेटी छात्र आंदोलन से जुड़ी है उसे जो ठीक लगा उसने किया। आपको जो ठीक लगे आप करें। घर आई तो मां ने बांहों में भर लिया। बेटी के कारनामों को लेकर शर्म नहीं था, गर्व था। आज कहना चाहती हूं कि अगर दुनिया की तमाम बेटियों को ऐसी मां मिले तो हम आसमान में भी सूराख कर सकते हैं। हम पंख फैलाएं आसमान में उड़ सकते हैं। हम नफरत और हिंसा के खिलाफ लड़ सकते हैं। आज के दिन मेरी मैया के लिए। मेरी मां तुम हमेशा

उजाले बन हमारी ज़िंदगी को रौशन करती रहो।

**पिता...**

दुनिया आवाज़ों से भरी पड़ी हैं पर कोई आवाज जिसे मैं बार-बार सुनना चाहती हूं वह मेरे पिता की आवाज है। ये आवाज मुझे हर दिन आश्वस्त करती है। मुश्किलों में थाम लेती है। इस अंधेरे समय में भरोसा और सुकून की आवाज। जिस समाज में पितृसत्ता की जड़ें मजबूत हों उस समाज में पिता अगर उन जड़ों को साथ मिलकर उखाड़ रहा हो तो दुनिया बेहतर होगी इसका यकीन होता है। मैं जानती हूं उनके लिए अपनी ही जड़ों को उखाड़ फेंकना आसान नहीं रहा होगा। पर उन्होंने लगातार किया और आज तक खुद को बदलने में लगे हुए हैं। वे चार बेटियों और दो बेटों के पिता हैं। हमारे घर में बेटियों का ही दबदबा रहा। उन्होंने हमें पूरा आकाश दिया और इस जमीन पर चलना सिखाया। उन्होंने आजादी के स्वाद, रंग हमारे भीतर भरा। वे दूर खड़े देखते रहे कि हमने जो राह चुनी वह राह इनसानियत की राह है या नहीं। किताबों की दुनिया से परिचय कराया और पढ़ने की आदत दिलाई। दुख से लड़ना सिखाया और खुलकर हंसना सिखाया। शायद इसलिए इतनी उन्मुक्त हंसी हंस पाती हूं। मुहब्बत के जो रंग हमारे भीतर हैं, ये पिता ने ही बोया है। पहाड़ी नदियों की तरह हमारे भीतर ये सारे रंग बहते हैं। इस उम्र में भी वे खूब पढ़ते हैं। हमारे घर में किताबें ही हैं और हर किताब पर पिता का चेहरा दमकता है। इस उम्र में भी उनके हौसले बुलंद हैं। वे दुनिया की परवाह करते हैं। दुनिया की कुछ ज्यादा ही परवाह करते हैं और इस सपने के साथ जीते हैं कि इस धरती पर सबका हिस्सा बराबर हैं। मुहब्बत और संघर्ष के जो बीज उन्होंने हम सबके भीतर बोया है वह हमेशा हमारे दिलों में धड़कता रहे। उनकी आवाज हमेशा हम सबके साथ रहे। आमीन!

## उषा किरण खान

सामने एक बड़ा-सा अहाता था। जगह-जगह आम के पेड़ थे और मंज़र की खुशबू से गाछ गम-गम कर रहा था। मैं अहाता पार कर बाहर के कमरे में बैठ गई। वीरान निर्जनता का अपना सुख होता है, उसका अपना सौंदर्य।

मेरे साथ मेरे पुराने मित्र थे किशोर केशव। एक दुबले-पतले से लड़के ने कहा दीदी आ रही है। हम दोनों इंतजार करने लगे। काले घुंघराले बाल और माथे पर लाल बिंदी, चौड़े पाड़ वाली साड़ी पहने जो औरत सामने आई मैं उसे देखती रही। जिस आत्मीयता से उन्होंने मुझे पुकारा हमारे बीच का जो अजनबी था, वह कहीं निकल गया। ये हमारी पहली मुलाकात थी उषा किरण खान से। इस मुलाकात की वजह थी उनकी किताब। जो किताब लिख रही थीं।

बिहार की राजनीति में उन दिनों खूब उथल-पुथल चल रही थी। उन्हीं दिनों कई राजनीतिक हादसे हुए थे जिसकी गूंज दुनिया को सुनाई पड़ी थी। हमारा चंद्रशेखर मारा गया था। मेरे लिए वह सिर्फ हादसा नहीं था। हमारी जिंदगी, हमारे सपने सब चंद्रशेखर के साथ बह गए थे। जीवन से भरा नौजवान जो दुनिया को बदलने का सपना देख रहा था जो मार्क्सवाद के फलसफे पर यकीन करता था। उसकी हत्या बिहार की राजनीति का काला अध्याय है।

उषा किरण खान उस दौर की राजनीति और चंदशेखर जैसे नौजवानों के सपनों पर लिख रही थीं। मुझे बुलाया था चंद्रशेखर पर बात करने। बात निकलेगी तो दूर तलक जाएगी। बातें निकलीं मेरे भीतर दुख बहने लगा। तकलीफ का समुद्र उमड़ पड़ा और आंखें भींगती रहीं। पता नहीं उषा किरण खान ने उस किताब को पूरा किया या नहीं पर उस दिन की मुलाकात हमारी कई मुलाकातों में बदली। हम एक-दूसरे के करीब आए। दुख आपको नजदीक लाता है। वे जानती थीं कुछ दुख होते हैं जो कभी जाते नहीं, आपके भीतर बसे रहते हैं। हमने उस दिन अपने दोस्त के बारे में खूब बातें कीं। बाहर शाम की पीली आभा फैली थी और हम दोनों दुख साझा कर रहे थे।

फिर पता नहीं चला उषा किरण खान कब मेरी जिंदगी का हिस्सा बनी।

उम्र के इस पड़ाव पर कोई औरत जिंदगी से लबालब भरी हो ये हमने कम देखा है। उनसे बातें करते हुए भूल जाती हूं कि हमारे बीच उम्र है। मैं और गीताश्री अकसर उनके भीतर बह रही छोटी-छोटी नदियों की बात करते हैं, हम बात करते हैं उनके साहित्य के सरोकार की। हम बात करते हैं उनके भीतर बसी उस नन्हीं नटखट लड़की की। उनको मैंने उनके लेखन से जाना। उन्हें जाना नाटकों और उपन्यास पढ़ते हुए। उन्हें जाना जैसे जानती हैं औरतें एक-दूसरे को। वे औरतों के हक़ में खड़ी रहती हैं। लिखने-पढ़ने वाली स्त्रियों को लिखने के लिए उकसाती हैं। प्रेम में बहती हैं। धर्म के आडंबर पर प्रहार करती हैं। मुझ से कई बार कहा—सोचो निवेदिता अगर कभी लक्ष्मी जी विष्णु जी का पॉव दबाते हुए नाराज़ हो जाए और उन्हें खींच कर पानी में डूबो दें तो विष्णु क्या करेंगे? वे हमेशा अपनी बीबी से पैर क्यों दबवाते हैं? हम दोनों खूब हंसते हैं। धर्म में औरतों की जगह जहां है उसपर साहित्य में लिखा जाना चाहिए। धर्म का बोझ लिए स्त्री कहां जानती है कि उससे क्या कराया जा रहा है। क्या ये साहित्य का विमर्श नहीं है।

उषा किरण खान धर्म के भीतर स्त्रियों की जगह पहचानती हैं और पूरी निडरता से इस दमन पर लिखती और बोलती हैं।

कभी हम साहित्य में मर्दों की लंपटता पर बात करते कभी प्रेम के दिनों की। मुझे रचते हुए स्त्री बेहद पसंद है। ये स्त्री का मूल गुण है। घर संसार में लिपटी स्त्री अपने मूल गुण को भूल जाती है। पुरुष सत्ता चाहती है कि स्त्री इसी में फंसी रहे। वे जानते है जब वह रचेगी तो गुलामी के सारे बंधन टूटेंगे। इसलिए उषा किरण खान कहती हैं, लिखो। हर हाल में लिखो। वे आज भी खूब लिखती हैं। इस उम्र में भी खूब मेहनत करती हैं। इस साल भी कई किताबें आई हैं उनकी।

मैं हैरान रहती हूं ऊर्जा से भरी उषा किरण खान को देखकर। मैं और मेरे जैसे बहुत से लोग उनसे प्रेम करते हैं। मैं प्रेम करती हूं, इसे कहने की जरूरत नहीं है। प्रेम में कोई देनदारी नहीं। दो मनुष्य एक-दूसरे से प्रेम करें यही तो मनुष्य का मूल गुण है। इस दुनिया में प्रेम पर ही तो सबसे ज्यादा

आघात हो रहा है। इस मुश्किल समय में अगर हम प्रेम कर पा रहे हैं तो हम बचे हुए हैं।

उषा किरण खान के पास प्रेम की बड़ी दुनिया है। जिसमें उनका रचना संसार आकर पाता है। हम जैसे लोग उनके प्रेम में भीगे रहते हैं। उनके जीवन में बसंत आता रहे वे हमेशा हमारे बीच बनी रहें।

## खेलती लड़कियां

उसके हाथ हवा में लहरा रहे थे। उसकी नज़र हवा में उड़ते कॉर्क पर थी। हम सब दम साधे देख रहे थे। सांसें अटकी थी। जैसे यकीन था वह जीत लेगी आसमान। टीवी स्क्रिन पर उसके तनाव को मैं देख रही थी। बड़ी शालीनता से वह सामना कर रही थी। अंतिम बार उसने कोशिश की पर असफलता ने उसे खेल के उसूल से डिगने नहीं दिया। वह गई और कोरलिना मारिन जो जीत की खुशी में धरती से लिपट कर रो रही थी उसे उठाया और गले से लगा लिया। ये सिंधु थी जिसे दुनिया आज पहचानती है। जिसे दुनिया ने पलकों पर बिठाया है। मैं सोच रही थी क्या हमारी दुनिया बेटियों के लिए बनी है। क्या सिंधु की तरह हमारे देश की बेटियों के लिए इतने सारे हाथ दुआओं के लिए उठेंगे। क्या एक बार भी याद आई दहेज के लिए जिंदा जला दी गई लड़कियां। क्या याद आया हमारी लडकियों के चेहरे पर तेजाब से धधकती आग। क्या अब हमारी लड़कियां बची रहेंगी। ये बाजार जो खूबसूरती केलिए लडकियों की त्वचा को बेच रहा है उनमें हीन ग्रंथियां भर रहा है क्या वह कहेगा तुम्हारा हर रंग खूबसूरत है। क्या अब कैमरे की नज़र खिलाडियों के देह के भीतर नहीं उतरेगी। उनकी पिंडलियों को कैमरे में कैद नहीं करेगी। क्या मोहन भागवत, आरएसएस लडकियों की आजादी के पक्ष में खड़े होंगे। क्या पंडित, मौलवी। पादरी और खाप पंचायत कहेंगे कि बेटियां आओ, जिंदा रहो, खेलो, तुम्हारे लिए खेल का ये बड़ा मैदान है। तुम रोटियां नहीं गेंद उछालो। क्या सरकारें

बेटियों के लिए खेल का मैदान बना देंगी। और वे लोग जो करोड़ों रुपये खेल के लिए कमाते हैं, क्या वे अपनी राशि का एक हिस्सा सिंधु और साक्षी जैसी तमाम बच्चियों के लिए देंगे। लड़कियां तुम यकीन नहीं करना इन पाखंड पर। न करना भरोसा बाजार की चालाकियों पर। न तुम भागना देशभक्ति के उन्माद में। तुम याद रखना खेल के उसूलों को। याद रखना की हमारा इतिहास खून से लहूलुहान है। उसे हमें ही बदलना है। एक रहम दिल और सुकून से भरी दुनिया में...तुम खेलती रहना। ये दुनिया एक बड़ी गेंद है और हमारे पास जीतने के लिए पूरा मैदान।...

# एक कथाकार की डायरी-3

पीयूष दा नहीं रहे। किसी प्रियजन का जाना दुख़द है पर पीयूष दा के नहीं होने का मतलब है जीवन से संघर्षों का जाना। जीवन से रंगों का बह जाना। जीवन से एक ऐसे डॉक्टर का जाना जो मरीजों का हाल उसकी जुराबें देखकर समझते थे। उनकी फ़ीस 2 रुपये थी। वे कहते थे कि मेरे पास जो मरीज आता है मैं उनकी जुराबें देखता हूं। जो जुराब भी नहीं पहन पाते उनकी फटी एड़ियां उनका हाल बताती हैं। कई बार हम पूछते थे दादा आप 2 रुपये क्यों लेते हैं। वे हंसते। इसलिए कि मरीजों को ये नहीं लगे कि मैं उनका मुफ्त इलाज करता हूं। उनको मैं अपने बचपन से जानती हूं। जीवन से भरे हुए इनसान एक ऐसे कम्युनिस्ट जिसने समाजवाद के सपनों पर भरोसा किया और पूरी जिंदगी उसके लिए संघर्ष करते रहे। जीवन के अलग-अलग मोर्चे पर डटे रहे।

लाल, हरी, पीली और सफेद झंडियां लिये हर जुलूस में दिख जाते। जिन लोगों नें, अदीबों ने, मुल्क के गुलाम शरीर में स्वतंत्रता की रुह जगाई थी, उन लोगों में से थे दादा। मैं पहली बार उनसे इप्टा के रिहर्सल के दौरान मिली थी। पटना के काजीपुर मुहल्ला में उनका घर था स्वर्णासन। जहां हम सब नाटक का रिहर्सल करते थे। सफेद कुर्ता, पजामा में वे किसी पुरानी फिल्म के हीरो की तरह लगे थे। मिलते ही हम दोनों एक-दूसरे से दिलों की बातें भी। और यह सिलसिला लंबे समय तक चलता रहा। एक बार वे बीमार

थे हम उनसे मिलने उनके घर गए तो मेरे गले में हाथ डालकर उन्होंने कहा था, 'यह हमारी आखिरी मुलाकात है, तुम अब अगली बार आओगी तब मैं नहीं होऊंगा।...मैंने उनके मुंह पर हथेली रखी। दादा इस तरह मत कहो। लेकिन अब-जब वे नहीं हैं तो सोचती हूं यह भी एक देश है जो अपने एक जिंदादिल डॉक्टर के बारे में नहीं जानता जिसने पूरी जिंदगी गरीबों की फटी एड़ियों के लिए लड़ाई लड़ी। जो उनके पांव में मोजा पहने देखना चाहते थे। एक ऐसे डॉक्टर की मौत से वे सब अभागे हुए जिसने डॉक्टर से मुहब्बत की। अब उनकी जुराबों का हाल लेने वाला नहीं रहा। नहीं रहा जिंदगी की आखिरी सांस तक, फूलों की आब की तरह जीने वाला, नहीं रहा समाजवाद के सपनों पर यकीन करने वाला एक इनसान।

## नंदिता दास ...

नंदिता दास से मैं आज से कई साल पहले मिली थी जब वह इप्टा के सम्मलेन में बिहार आई थीं। उस समय हम अख़बार में काम कर रहे थे। मुझे अख़बार के लिए उनका साक्षात्कार लेना था। जब मैं मिली तो हैरान थी कि कोई इतना सहज और इतना आत्मीय हो सकता है। नंदिता मुझसे इस तरह मिली जैसे हम पुराने दोस्त हों। फिर बात निकली तो दूर तलक गई। हम बातें करते रहे और बाहर शाम डूबने लगी। हमने वादा लिया एक-दूसरे से फिर मिलेंगे, फिर मिलना नहीं हुआ। वर्षों बाद उनकी फिल्म 'मंटो' देखकर लगा कि ऐसी फिल्म कोई पारखी नज़र ही बना सकती है। उनकी फिल्म मंटो देखकर एक बार फिर हैरान हूं। फिल्म मंटो की कहानियां और उनके जीवन को लेकर बुना हुआ एक खूबसूरत कोलाज़ है। उसमें छिपी हुई विडंबनाओं को, मनुष्य के जीवन के हर रंग को खोलकर दर्शकों के सामने रख देती है। आप कहानियों के साथ सुलगते रहते हैं। मंटो की कहानियां जितनी सच्ची और दिल तक उतर जाने वाली हैं फिल्म भी उनकी कहानियों को छूती है।

ताप के ताए हुए दिनों में मंटो ने जो लिखा वह आज भी लोगों के दिलों में धंस जाता है ग़ालिब की तरह जो कहते हैं, 'कोई मेरे दिल से पूछे तिरे तीर-ए-नीम-कश को ये ख़लिश कहां से होती जो जिगर के पार होता'। मंटो के कथा अनुभव जैसे खुद उसके लिए, वैसे ही पाठकों के लिए अंदरूनी वारदात बना है। 'खोल दो', 'ठंडा गोश्त' जैसी कहानियों को फिल्माना उसी गहराई से आसान नहीं था। पर नंदिता दास ने ये कर दिखाया। मंटो जिस भरोसे के साथ अपने पाठकों को उन जगहों पर ले गए जहां निपट अंधेरा है—बाहर—भीतर। नंदिता भी हमें वहां ले जाती हैं। इस फिल्म को बनाकर उन्होंने मंटों की यादों को ताज़ा ही नहीं किया बल्कि ये बताया कि ये कहानियां अभी के समय में कितनी ज़रूरी और अहम है। कैमरा ने बहुत बारीकी से अपने समय और इतिहास को पकड़ा है। गाने कम हैं पर जो हैं वे आपको बेचैन कर देते हैं। हर कलाकार का काम उम्दा है। नवाजुद्दीन सिद्दीकी को देखकर लगता है मंटो ऐसे ही होंगे। और मंटो की बीबी साफ़िया की भूमिका में कमाल का अभिनय किया है राशिका दुग्गल नें। फिल्म ने मंटों के बहाने समाज की तहों के नीचे झांकने की कोशिश की है और उसमें सफल रही। फिल्म के साथ मंटों की कहानियों में इस तरह दाखिल हुई जैसे मैं हाथ बढ़ाकर अपने प्रिय अफसानानिगार की हरारत महसूस कर रही हूं।

## एक धावक...

सुबह हुई नहीं कि निगाहें दरवाजे पर अटक जाती हैं। दरवाजे की कुंडी में अख़बार मुस्कुराता है। जनाब हम ही हैं। मैं उसे ऐसे लेती हूं जैसे दुनिया का कोई खजाना मिल गया हो। हर सफे पलटती हूं शब्द झिलमिलाते हैं। चाय की ताज़ा गंध और कागज की खुशबू एक-दूसरे में घुल जाती है। आज फिर अख़बार नहीं आया। सुबह बेरंग है। सोचती हूं हर रोज़ हमें खबरों की दुनिया में ले जाने वाला वह लड़का आज क्यों नहीं आया। कई बार मैंने उसे देखा

है। हांफता,सीढ़ियां चढ़ता हुआ, टूटती सांसों के बीच हमारी मुलाकात होती रहती है। नहीं जानती वह कब सोता है, कब जागता है।

उसके चेहरे पर खबर उगी रहती है। जाड़े की बर्फ़ानी सुबह हो या गर्मी की सुलगती सुबह हमेशा उसे पाया है। मैं उसकी रवानगी को निहारती रहती हूं। किसी ताज़ा संगीन लौ के मानिंद। सालोसाल साइकिल की रफ़्तार तेज होती है। वह भागता है, भागता ही जाता है ज्यादा से ज्यादा लोगों को सुबह का अख़बार मिल जाए। उसके हाथ निकल आते हैं पंख की तरह। ऊंची-ऊंची दीवारों के पार अख़बार उछाल देता है। कोई एथलिट देखे तो हैरान हो जाए। सड़कें एकदम खाली। पर्दे गिरे हुए सभी रौशनदानों के। चाय की दुकानें खाली, रेस्तर और ढाबा भी। उसकी रफ़्तार से मैं शहर की रफ़्तार माप लेती हूं। लगता है सालों से उसे मयस्सर नहीं हुई है गहरी नींद। क्या आप जानते हैं वह यह मेहनत सिर्फ 1.12 रुपया के लिए करता है। मैं उसकी आंखों के डर को देख पा रही हूं। अगर अख़बार देने में देर हुई तो उसका पत्ता साफ। वह अख़बार के नए सांचे में अपनी आत्माएं भी ढाल रहा है। लोहा ढालने से हज़ार गुना मुश्किल काम है अख़बार को शहर के हिसाब से ढाल देना। उसने खबरों को नीले, लाल, सुर्ख रंग से भरे चांद तक पहुंचाया। पर उसे 1.50 रुपये पाने के लिए इतनी लंबी लड़ाई लड़नी पड़ रही है। क्या एक ऐसे देश में जब पूरी मीडिया पद्मावत की नाक बचाने में लगी हो, जब पूरी मीडिया तिरंगा-तिरंगा खेल रही हो, जब पूरी मीडिया मुसलमानों को सबक सिखा रही हो तो किसे चिंता है अख़बार पहुंचाने वाले हमारे धावक की। जिसे अपने घर को चलाने के लिए सिर्फ 1.50 रुपये चाहिए। मुझे उबकाई आ रही है मीडिया में जहां करोड़ों रुपये विज्ञापन में खर्च किए जाते हैं। जहां करोड़ो रुपये बहा दिए जाते हैं वहां हमारा धावक 1.50 रुपये के लिए संघर्ष कर रहा है। मैं देख रही हूं तुम्हारे पैरों के निशान। पुराने जूते-मोज़े में, चप्पल में या नंगे पांव तुम माप रहे हो देश, शहर, गांव, नगर। तुम ही हो हमारे असली धावक। जानती हूं सूरज की रौशनी में सुनहरी होती हुई जमीं की सतह से उठकर सैकड़ों मीनारों की ऊंचाई तय कर तुम पहुंचोगे सबसे आगे...सबसे आगे...

# एक कथाकार की डायरी-4

## मंटो के बहाने

मंटो ने एक जगह कहा है, 'यह भी हो सकता है। सआदत हसन मर जाए और मंटो जिंदा रहे' उनकी बात कितनी सच निकली। सआदत हसन 18 जनवरी 1955 को विदा हुए पर मंटो 21वीं सदी में आज भी जिंदा हैं। वे जिंदा हैं अपने अफसानों में, वे जिंदा हैं पाठकों की रूह में। जितनी बार पढ़ा उन्हें गहरे-गहरे डूबती रही। मंटो को पढ़ना जीवन को जानने जैसा है। हमारे समय का सबसे बड़ा लेखन वह है जो हमें अपनी दुनिया के भीतरी परतों में दाखिल करे। क्योंकि वह अक्सर हमसे छूट जाती है। मंटो हमारी दुनिया के बेबाक बखान करने का साहस रखते थे। वे एक सच्चे लेखक थे। अपनी आत्मा के गुप्तचर। अपने समाज पर लादी गई नैतिकता के खिलाफ लिखते रहे। उनपर अश्लीलता के आरोप लगे। उन्होंने कभी समझौता नहीं किया। न ही अपने लिए कोई रियायत मांगी, न दूसरों को दी। वे सिर्फ हिंदुस्तान के ही नहीं पाकिस्तान और दुनिया के दिल में चुभते रहे। उनकी कहानियों में सच्चाई का निर्मम आकलन और स्वीकार है। मंटो हमें बड़े भरोसे के साथ उन जगहों ले गए जहां निपट अंधेरा है। बाहर-भीतर। उनके बारे में नरेंद्र मोहन कहते हैं। मंटो के अफ़सानों में ढले उन दिनों के हादसे, उन में बिंधी स्मृतियां

उसकी जिंदगी और इतिहास की एक नई प्रस्तुति को संभव बनती है। मंटो की ऊबड़-खाबड़ जिंदगी में एक अंतर्निहित लय थी। मंटो की तीन कहानियां 'काली सलवार', 'धुआं' और 'बूं' पर विभाजन के पहले हिंदुस्तान में मुकदमे चले। और विभाजन के बाद पाकिस्तान में उनकी दो कहानियां 'ठंडा गोश्त', 'ऊपर नीचे' और 'दरमियान' पर मुक़दमा चले। मंटो ने कभी हार नहीं मानी। अपनी कहानी की वकालत करते हुए उन्होंने कहा—अगर मैं किसी औरत के सीने का जिक्र करना चाहूंगा तो उसे औरत का सीना ही कहूंगा। औरत की छातियों को आप मूंगफली या मेज का उस्तरा नहीं कह सकते। मंटो ऐसे ही थे। बेलाग। हिम्मत और हिमाकत करने वाले। आज उनके जन्मदिन पर उनको सलाम। उनकी कहानियां मानवता का विस्तार है। वे हमें कहती हैं मनुष्य ही मनुष्य को अंधेरे से उजाले की ओर ले जा सकता है या अंधेरे में बाहें थामें रह सकता है। मेरे अफसानानिगार...मुझे तुमसे बेपनाह मुहब्बत है!

## गर्म दिन

आज सबसे गर्म दिन है। अखबार में आया है कि पिछले तीन साल का रिकॉर्ड टूट गया। पारा 43.4 डिग्री सेल्सियस पर पहुंच गया। जो लोग पटना में सालों से रह रहे हैं वे जानते हैं पटना कभी इतना गर्म नहीं था। क्या गर्मी की वजह सिर्फ प्रकृति है या हम सब हैं। पिछले कुछ सालों में विकास के नाम पर पटना के पेड़ लगातार काटे जा रहे हैं। मेरी स्मृति में गुलमोहर और पलाश के पेड़ सबसे ज्यादा बसे हैं। जब बेली रोड से गुजरते थे तो लाल और पीले गुलमोहर हरी-हरी पत्तियों के बीच दमकते रहते। हमारी आंखों के सामने पेड़ काट दिए गए। अब ये सड़क नंगी और भयावह लगती हैं। शायद हम सब प्रकृति के प्रति संवेदनशील नहीं हैं। हजारों पेड़ हमारे जीवन से छीन लिए गए और हम सब पेड़ को अपनी ज़िन्दगी से जाते देखते रहे। किसी ने उफ तक नहीं किया। जब हरी-हरी शाखों पर अमलताश, गुलमोहर, पलाश के फूल

लदे रहते थे तो सूरज के दहकते आग से हम सब बचे रहते थे। तेज वहशी हवाएं पेड़ की शाखों से उलझ जातीं। क्या अब ये सारे गाछ सिर्फ हमारी स्मृतियों के हिस्सा रहेंगे। हमारी किताबों, कविताओं और गीतों से गायब हो जाएंगे। जैसे गायब हो रही हैं गौरैया! जिसने पटना को जीया है, वे जानते हैं, गुलमोहर और अमलताश के असाधारण सौंदर्य को। चुपचाप धीमे-धीमे झरते फूलों को देखते हुए हम बड़े हुए। कई बार खिड़की के बाहर झूमते पेड़ की शाखाएं गलबहियां करती। आसमान से बाहर निकलकर चांद शाखों पर पसर जाता, हम रात को निहारते रहते। अब भय होता है उजाड़, रंगहीन सड़कों पर चलते हुए। पेड़ के नीचे सुस्ताते अब कोई राहगीर नहीं मिलता। रिक्शावाला के पास कोई जगह नहीं। जलते दोपहर में गर्मी को फड़फड़ाते हुए देखते रहते हैं। अब तो कहें हम नहीं चाहिए हमें पेड़ों के बदले नंगी सड़कें। नहीं चाहिए विकास का वह मॉडल जिसमें प्रकृति के लिए जगह नहीं हो, जिसमें गरीबों के लिए जगह नहीं हो। हमें चाहिए शाखों पर झूमती चिड़िया, हमारी गौरैया हमें वापस कर दो, हमारे सारे हरे-हरे गाछ और फूलों से लदी डालियां हमें वापस कर दो। हमें हमारी सांसें वापस करो, हमारा दिल, गुर्दा और सांझ में झरते फूल हमें लौटा दो।

## आम के बहाने

ये मौसम आम का है और आम की खुशबू से भीगे दिन का। आप कुछ भी कहिए आम खाने का मज़ा जो आम के बगीचे में है वह मज़ा और कहां। शोलों की मानिंद दिन और पके हुए आम की मिठास पर जाने कितने शायर और कवि का दिल आया। ग़ालिब तो आम से मुहब्बत के लिए मशहूर थे।

मुझसे पूछो, तुम्हें ख़बर क्या है
आम के आगे नेशकर क्या है
न गुल उस में न शाख़-ओ-बर्ग न बार

# एक कथाकार की डायरी-4

जब ख़िज़ां आए तब हो उसकी बहार

इस शेर पर किसका दिल न आए। पर क्या कीजे। हम तो सिर्फ ग़ालिब की नज़्म से ही आम की मिठास का मज़ा ले सकते हैं। इस मिठास से इतनी सराबोर रही हूं कि चीनी कि बीमारी हो गई। कमबख्त आम को देख जी ललचा जाता है, डॉक्टर की हिदायत याद आ जाती है। जब घर में डॉक्टर मौजूद हो तो पहरा दिन-रात का। जेठ की दोपहर और आम के पेड़ पर बने मचान पर बैठ कर कच्चे आम की दावत पकी लाल मिर्च के साथ आहा! लार तो नहीं टपकी आपके मुंह से! हमारे गांव में बच्चा पार्टी दिन भर आम के बगीचे में रहता तो घर की औरतें थोडा सुकून से सो पातीं। हम बच्चे आपस में टोली बना शादी-ब्याह करते। बारात निकलती। लड़की पक्ष वाले आम की दावत करते। लड़का आम की सौगात लाता। आम की खुशबू और आम कि मिठास में डूबते-उतराते दिन को फिर से याद कर बचपन में लौट आई हूं। हवा जब तेज बहती, आंधियां उड़ने लगतीं हम हवाओं के साथ बगीचे में भागते। बिजलियां चमकती। आसमान के ज़िहन में जलती हुई लकीर खींचता हुआ। जिस तरह तारों के नाम होते हम गिरते हुए आम के साथ चिल्लाते मानो दुनिया की सारी मिठास हमने लूट ली हो। बचपन में कितने आमों के नाम याद थे।

बंबइया
तोतापरी
मालदा
सुवर्णरेखा
सुंदरी
लंगडा
राजापुरी, दसहरी

ओह कितने नाम कितनी मिठास, आम और उसकी मिठास का क्या कहना। ग़ालिब मियां काश कि हम भी तुम्हारी तरह आम की तारीफ कर पाते।

और दौड़ाइए क़यास कहां
जान-ए-शीरीं में ये मिठास कहां

जान में होती गर ये शीरीनी
'कोहकन' बावजूद-ए-ग़मगीनी

## मेरे मामू जान

सुबह 6 बजे जब भी फोन की घंटी बजती थी तो ये पक्का था कि मामूजान ही होंगे। शकील से बात होती, वे मेरे बारे में पूछते। कई बार नींद में ही बात करती। हर बार कहते तुम लोग मोतिहारी आओ। उनके जीते जी मोतिहारी के नए घर में जा नहीं पाई। आज जब वे नहीं रहे तो वहां से हो आई हूं। मेरे साथ उनकी यादें हैं। और मुमानी की सूनी आंखें। इस उम्र में किसी एक का जाना दूसरे के लिए तकलीफ से भरा है। मुमानी की जिंदगी की धुरी ही मामू जान थे। दोनों की जोड़ी गज़ब थी। ऊंचा कद, चौड़ी पेशानी, बड़ी बड़ी आंखें और तांबे जैसा रंग और कड़क मिजाज़ के मामूजान से बिल्कुल मुख्तलिफ हैं मुमानी जान। नाज़ुक, गोरा रंग जिसमें आलता घुला हो। कभी हमने उनकी तेज आवाज नहीं सुनी। मामूजान को शेरो-शायरी का खूब शौक था। एक बार का वाकया है कि घर से मुमानी के जोर-जोर से रोने की आवाज आ रही थी। जब लोग दौड़े-दौड़े गए तो मामूजान सोफे पर लेटे हुए थे और मामूजान के पायताने मुमानी ज़ार-ज़ार रोए जा रही थीं। पता चला मामूजान उन्हें घंटा भर से नज्म सुना रहे हैं। मुमानी को जाने नहीं दे रहे हैं। मुमानी ये सोच कर परेशान हो रही हैं कि सारा काम पड़ा है और ये नज़्म पर नज़्म सुना रहे हैं। मैंने अपनी जिंदगी में बहुत कम लोगों को इतना खुशदिल और मुहब्बत से भरा पाया। शादी कर जब आई तो अपनी सास को नहीं देखा। ससुर काफी बीमार थे। इसलिए जाना ही नहीं कि सास और ससुर का सुख क्या है। मामूजान और मुमानी ने ये कमी पूरी कर दी। हमेशा बेटी का दर्जा दिया। मुझे कभी नहीं लगा मैं किसी दूसरे परिवार में हूं। गंगा-जमुनी तहजीब को यहीं पाया। मुहब्बत और खुलूस से भरे हुए लोग। सबने पलकों पर बिठाया। सोचती हूं

अगर इस देश की इस सांझी संस्कृति को बचाना है तो हिंदू और मुसलमानों के बीच रोटी और बेटी का रिश्ता जरूरी है। इस नफ़रत के दौर में ऐसे खूबसूरत रिश्ते ही मनुष्यता को बचा सकते हैं। पटना जब भी आते हम लोग से मिलने घर आते। उन्हें मेरे हाथ की बनी पूड़ी और आलू का भुजिया बेहद पसंद थी। उन्हीं से सीखा बिरयानी बनाना। आज मेरी बनाई बिरयानी मशहूर है। जब भी बिरयानी बनाती हूं तो वह मेरे पास होते हैं। सफेद झक कुर्ता, सफेद लुंगी और अपनी लंबी दाढ़ी में वे किसी देवदूत से लगते थे। उस दिन चूल्हे पर बड़ी हांडी चढ़ाई थी। घी और गर्म मसाले से पूरा घर गमक रहा था। कितना प्याज, कितना गोश्त, कितना चावल मामू ने बताया। लोगों को बिरयानी की होश उड़ाने वाली खुशबू अपनी तरफ खींच रही थी। उस दिन सब लोग दाद दे रहे थे और मैं अपने देवदूत का शुक्रिया अदा कर रही थी। उनसे बातें कर हसासात पर धार आ जाती थी। उनकी बातों में जितनी गर्मी, उतनी मिठास। जिंदगी में सबसे ज्यादा मुझे लोगों की मुहब्बत ने मुतासिर किया है। हर से आप कुछ न कुछ सीखते हैं, अपनी ज्यादातर उलझनों का जवाब भी यहीं से तलाशा है। इस वतन से, अपनी मिट्टी से जड़ों से बेतहाशा मुहब्बत करने वाले मामूजान जैसे लोग ही इस देश के गंगा-जामुनी तहज़ीब के असली नायक हैं। उनको सलाम!

इस हिंसक और अमानवीय समय में मुझे वे लोग याद आते हैं जिन्होंने अपने देश और समाज को समझा। जिन्होंने सांप्रदायिक ताकतों से मुकाबला किया। इस देश को गांधी के बाद नेहरू ने जितना समझा शायद ही किसी राजनीतिज्ञ ने उसे समझा है। नेहरू के पास समाज को समझने और परखने की व्यापक दृष्टि थी। अपने इतिहास को जानने, समझने वाले जानते हैं कि नेहरू हमारे समाज के लिए क्यों जरूरी हैं। वे जानते हैं अपनी साझी संस्कृति को बचा कर रखने के लिए उन्हें भी नेहरू की तरफ देखना होगा। नेहरू जहां कहीं भी गए वे बहुत मजबूती के साथ सांप्रदायिकता के खिलाफ बोलते रहे। वे जानते

थे कि इस देश के लिए आरएसएस, जनसंघ खतरनाक है। इसलिए जनसंघ को आरएसएस और हिंदू महासभा की नाजायज औलाद कह कर ख़ारिज कर दिया। वे धर्म, जाति के राजनीतिक इस्तेमाल के खिलाफ थे। बिहार में एक जनसभा में बोलते हुए उन्होंने 'जातिवाद के दानव की आलोचना की'। नेहरू ने कहा कि हिंदुस्तान में 'एक-एक ईंट जोड़कर ही समाजवाद का महल खड़ा किया जा सकता है'। नेहरू के पास एक समाजिक दृष्टि थी।... नेहरू और उनके साथी एक ऐसा देश बनाना चाहते थे जिसका ढांचा समाजवादी हो यानी सबको समान अवसर मिले और आर्थिक असमानता खत्म हो।

शायद यही वजह थी कि देश के संविधान में बाद में समाजवाद का समावेश हुआ। अंबेडकर और नेहरू के विचार इस मामले में एक थे। आज की सत्ता को संविधान में शामिल समाजवाद शब्द से परेशानी है। वे संविधान पर लगातार हमले कर रहे हैं। समानता और उदारवाद के समर्थक नेहरू जानते थे कि कोई भी देश आगे नहीं जा सकता है जब तक देश की महिलाएं आगे नहीं बढ़ेंगी। अंबाला में एक सभा को संबोधित करते हुए नेहरू ने महिलाओं को पर्दा प्रथा त्यागने और आगे बढ़कर देश निर्माण में भागीदार बनने का आह्वान किया था। आज भी जो लोग हिंदुस्तान को समझना चाहते हैं उन्हें नेहरू को समझना होगा। 1951 में अमेरिका से आए एक पत्रकार ने कहा था, 'हमारे लिए हिंदुस्तान का दो ही मतलब है, अकाल और जवाहर लाल नेहरू।' मुझे लगता है कि अगर देश को सांप्रदायिकता के खिलाफ खड़ा होना है तो नेहरू को जानना होगा। लुधियाना में अपने चुनावी भाषण में नेहरू ने कहा कि सांप्रदायिकता के खिलाफ आर-पार की लड़ाई लड़नी होगी। उन्होंने साफ-साफ कहा ये शैतानी सांप्रदायिक ताकतें अगर सत्ता में आ गईं तो देश में बर्बादी और मौत का तांडव लाएंगी। उनकी कही बात कितनी सही निकली। आज की सत्ता मौत और बर्बादी की तरफ देश को ले जा रही है। इसलिए हमें नेहरू याद आते हैं और दुनिया एक बार फिर सांप्रदायिकता के खिलाफ लड़ने के लिए उसी फलसफा की तरफ देख रही है। नेहरू को नमन।

## अंतिम सलाम

जब कोई अपना जाता है तो सारे शब्द गूंगे पड़ जाते हैं। नवल चाचा का जाना वैसा ही है। वे हिंदी के बड़े आलोचक थे। साहित्य में जो रचा उन्होंने उसे दुनिया जानती है। दुनिया उनको नंद किशोर नवल के नाम से जानती है और उनके कलम की मुरीद रही है। उनकी कल्पनाशीलता, अदम्य जिजीविषा ही थी कि वे लगातार लिख रहे थे। पिछले कुछ सालों से वे थम गए थे। जैसे स्याही सूख गई हो। मेरे लिए पिता की तरह थे। जब हम सब बड़े हो रहे थे, दुनिया को जान रहे थे, समझ रहे थे तो इन लोगों ने हम सभी युवा साथियों को गढ़ा। जिंदगी के सुख, दुख के हिस्सेदार रहे। खूबसूरत और ज़हीन आदमी थे। पटना कॉलेज में जब हम लोग पढ़ते थे तो उनका छाता और नाक पर रुमाल की खूब चर्चा होती। उन्हें अपने युवा दिनों से देखती रही हूं। पहले कभी भी बच्चों के प्रति अपने प्यार को खुलकर ज़ाहिर नहीं करते थे। पिछले कुछ सालों से उनके भीतर प्यार का जो दरिया था वह उनके बांधे नहीं रुकता। पूर्वा और चिंतन के बारे में खूब बातें करते। हम सबकी सुध लेते। मैं उनकी मुलायमियत और मुहब्बत में भीगती रहती। पिछली बार उनकी शादी की सालगिरह में हम सब दोस्त इकट्ठे हुए थे। मैंने चाची को इतना खुश बहुत दिनों बाद देखा था। उनकी हंसी को कैमरे में कैद कर लिया। जब जाने लगी तो चाचा ने मुझे गले से लगाया और मेरी पेशानी चूम ली। मेरे लिए उनका ये सबसे बड़ा उपहार था। क्या मालूम था जिंदगी इस तरह विदा लेगी। जब हम मिले थे मार्क्सवाद में उनकी गहरी आस्था थी। लंबे समय तक कम्युनिस्ट आंदोलन से जुड़े रहे। बाद में उनकी दूरी बढ़ती गई। उन्होंने कम्युनिस्ट आंदोलन के अंतर्विरोध और विडंबनाओं को झेला था। फिर भी मन के कोने में कम्युनिस्टों के लिए हमेशा मुहब्बत बनी रही। वे अपने लेखन में निर्मम आकलन और आलोचना के लिए मशहूर थे। मनुष्य की गरिमा, न्याय और सच के लिए हमेशा उन्हें लड़ते भिड़ते देखा। दुनिया की नजर में वे बड़े आलोचक नंद किशोर नवल हैं। मेरे लिए मेरे प्रिए चाचा जो हमसे सीधे और

सच्चाई से बात करते। जिनके विचार, बिंब और भाव में कोई फांक नहीं थी। जो गर्माहट से मिलते और मिलते हुए कहते पता है शकील मुझे मौत के मुंह से बाहर ले आए मुझे जिंदगी दी। हम हंसते कहते डॉक्टर का काम ही यही है। इसके लिए क्या शुक्रिया। इस बार उन्होंने मौका नहीं दिया। हम सब उन्हें रोक नहीं पाए। वे निकल गए बिना कुछ कहे। चाचा आप तो हम सब के भीतर बसे हैं। हमारी धड़कनों में।

www.ingramcontent.com/pod-product-compliance
Lightning Source LLC
LaVergne TN
LVHW051103051026
849532LV00004BB/1413